無端歡喜

余秀華

目錄

壹 平常人生也風流

只要星光還照耀 8
可怕的「永恆」 28
饋贈 33
禮讚 41
我愛這哭不出來的浪漫 46
活著，拒絕大詞 51
也說死亡 61

貳 人生遼闊值得輕言細語

秋日小語 68
下午：二〇一五年九月十二日 76
竹節草 83
從四片葉子到十四片 89
黃昏上眉頭 96

參 有故鄉的人才有春天

我的鄉愁和你不同 108
截一段春色給我的村莊 124
無端地熱愛 129
過年 134
憋著的春色 140
離婚一周年 147

日記，二〇一五年十月三十一日，陰雨 153
心似駐佛 158
不知最冷是何情 164
消失的神像 175
明月團團高樹影 182
人與狗，俱不在 195
奶奶的兩周年 200

肆 讓我們關上房門，穿好衣服

其實，睡你和被你睡是不一樣的 206
瘋狂的愛更像一種絕望 211
人性的下流才是人民的下流 219
手談 225
馮唐說：人就要不害怕，不著急，不要臉 231
造訪者 237

我們歌頌過的和詆毀過的 242

伍 你可知道我多愛你

一個人的花園 252
你可聽見這風聲 270
秋夜深幾許 282
秋日一記 288
杰哥，你好 293
他從雪山經過，走下來 305
我用生命的二十分之一愛你 310
我們在潔白的紙上寫的字 316
我們每個人都是一座沙雕 321

壹

平常人生也風流

只要星光還照耀

準備好了幾天裡換洗的衣服：一件紅裙子，一條黑裙子，和一件花旗袍。我把它們揉進包裡，也把一份倦意一起揉進去。衣服進去了，床上就空了，而倦意不是一個好對付的東西，把最稠的揉進去了，淡一點的立刻就生了出來。有時候人被稀薄的倦意包圍著，反而有一些安慰。倦意是活物才有的東西，它包圍住你了，也是好心告訴你：你還在人間呢。人間不夠好，不會給誰欣喜若狂的感覺，但是它畢竟是我們待慣了的地方，其他的地方不熟悉，沒有試探的雄心。

這三年，我過上了一段莫名其妙的日子：過一段時間就要出去和一些莫名其妙的人一起做一些莫名其妙的事情。也許他們從來沒有感覺到莫名其妙，一個人不做一些事情才是莫名其妙。他們對開始產生的不適小心地接受，直到它合理地成為自己的生活狀態。或者反過來是世界看我莫名其妙，想把我鍛鍊成一個不莫名其妙的人。行李裡帶衣服、茶杯和一些也許用不上的小東西。我把它控制在我可以背著行走的範圍裡。想起第一次去北京，我幾乎什麼也沒有帶：沒有過剩的衣裳，沒有護膚品，沒有茶葉，也沒有多一點的零花錢。但是現在，儘量少帶的情況下，回家的時候還是重重的一包——除了一些友好的陌生的情意，還有書啊，茶葉什麼的都要一齊背回來。

我的身體有時候好有時候又不好。好的時候我也樂意背多一些東西，不管是不是用得著。心情再好一點的時候，我就把這當作鍛鍊身體的一個方法，有時候也想把心裡沉重的東西物化了背在背上。如果心裡所有的重都可以物化了背起來真是一件好事情。背著的東西總有一個卸下的時候，比如到了目的地之後，比如在旅館睡覺的時候。但是心裡的重實在難成背在背上的重：能夠轉化的事物就是可以解決的事物，但是沒有許多能夠被轉化的事物出現在我們的生活裡，首先生死是不能轉化的，或者說我們現在對生死的恐懼是不能轉化的。最為直觀的是我身體的殘疾和虛弱是無法轉化的。

這是一個應該被忽視但是又不得不悲傷的事情。記得去年，我一個人從北京西站回家，計程車把我放下以後，我七彎八拐去找候車廳，要進候車廳就要上一個很長的台階。那天我的身體狀況不好，包又很重。上台階上到一半摔倒了，旁邊有一些人看著我，但是沒有一個人拉我一下，我掙扎了幾下，沒有力氣爬起來，索性坐在地上歇一會兒。這個時候我的羞恥心消失了，它的存在幾乎就是羞恥本身。我需要做的事情是走到候車廳，坐上火車，然後回家。如果連這個也不能完成，我的存在就會成為一個拉不直的問號。當然這個問號偶爾能夠被拉直，但是那麼快，它又會彎曲起來，在人世裡跳躍著行走。我在人來人往的台階上坐著，也在陌生的好奇的冷漠的目光裡坐著。如果這個時候感覺不到孤獨那肯定是騙人。想著自己掏心掏肺地愛過的一些人，如果他們知道我此刻的處境會怎麼想？我肯定不能坐在地上對他們說愛，甚至我也不能坐在摔倒的地上對這個大地說愛，我不允許自己這樣，但是我不知道為什麼不允許自己這樣。

當然是爬起來了，當然是回家了，但是我怎麼也忘不了這個場景：一個人背著重重的包在人群裡摔倒卻沒有力氣爬起來的樣子。現在我想起來就覺得那個時刻真實可觸。一個人在疼的時候才知道疼還在自己的身體裡，沒有被酒精麻痺，沒有被飄到半空裡的名譽的、侮辱的東西麻痺。儘管世間種種，我們都不過在尋找麻痺自己的東西：小情小愛的小麻痺，功名利祿的大麻痺。我們沒有處處摔倒在台階上的疼，我們只有無時無刻從半空裡垂直打下的虛空。回想起來：這虛空從降臨在身體裡的那一刻開始，就伴隨連綿不斷的層層加深的虛空而極盡了一生。從婚姻開始，兩個互不相干的人莫名其妙地走在了一起，還有一紙不許隨便離開的契約。我們以為兩個人在一起就能夠增加一倍對抗虛空的力氣，從身體到靈魂，從肉體到精神，這是人最初和最後的期許。但是很快就發現，沒有那麼簡單的事情：兩個身體和靈魂之間有縫隙，發現縫隙的存在就是懷疑開始的時候。懷疑是一種力量，讓宇宙的運行都可以倒轉，當然縫隙不可避免地越來越大。最後終於崩塌。

這些存在的，虛空的，看得見的，摸不著的最後都被背進了包裡。它們有等量的質地等量的分額，在虛空和現實裡自由切換。我試圖把這幾年經歷的事情理清楚，給自己一個可以相信的交代，但是到現在我還是做不到，如同一個被洪水裹挾的人不知道洪水是在把自己往哪一個方向帶。然而再往前，二十年幾乎以為無法改變的生活，清楚地看到是絕望把生活帶進更深的絕望。什麼都模糊了，絕望就異常清晰。當一個人沒有力氣對付絕望的時候，她就和絕望混為一團，在水裡成為水，在泥裡成為泥，在地獄成為鬼。當熟悉了絕望，絕望也是虛空的，偶爾奢望被償還，但是看不到被償還的途徑。有時候感覺肉體也是虛空的，血和肉那麼容易損傷，那麼容易銷蝕。兩種都容易被損傷的事物裡，是什麼在如此積極地支配這一切呢？

或者說：是什麼支撐著把余秀華的名字在人世裡遊蕩了四十年？現在想來沒有支撐，或者說支撐已經抽離了。沒有一個信仰一個可以得到安慰的東西在生命的歷程裡勸告或者重組，一個名字恍恍惚惚，沒有可以得到的也沒有可以失去的，在存在和毀滅之間索性玩世不恭。當然，能夠做到玩世不恭的人需要極大的智慧和豁出一切去的決心，更多的人是在玩世不恭和認真做人之間搖擺不止，我們做不到大奸大惡，也不甘心把自己活成一個被許多人瞻仰的榜樣。我也做不了一個隱士，當然離真正的俗客又頗有距離，所以做一個平凡的人也有許多干擾和不得志，所以我一次次外出又一次次回來，任其裹挾、衝撞和毀損。如果一個人知道自己是在被毀損而袖手旁觀，一是她認可了毀損是生活的一部分，是和生命共存而且一起向前的一個部分。

一個人的精神裡至少有四分之一個孔乙己。我們常常嘲笑的東西往往回過頭來完成對我們自身的救贖，許多時候我們沒有注意到或者故意迴避了這樣的契機，但是它一定是存在的。是的，我帶了幾條裙子出門，但是難堪的是，我坐在那裡，怎麼樣都無法把雙腿合攏，疾病的存在也讓我喪失了優雅。幸好優雅不是一個人生活的重要部分，甚至不能成為一部分，它不過是一個女人綢緞似的哀愁裡的一根絲線。基於隨時被抽掉的這一根絲線，我常常讓身體裡四分之一的孔乙己變成二分之一的孔乙己，它讓我在塵世裡搖晃的身體有一個靠處。這個靠處是靠著地面的，幾乎沒有倒下去的可能。這真讓我歡喜。

到了火車上，孔乙己就規規矩矩地從身體裡撤退，不留蛛絲馬跡，等著下一次我對他的召喚。我一般把包放在地上，這樣好拿，等下車的時候就不需要別人幫忙我把它從行李架上取下來了。我一直背著朋友送給我的一個包，從來不敢拖著拖箱出門，因為上下台階的時候，我沒有辦法拎，這是身體的局限。身體的局限就導致了生活方式的改變，或者不知不覺導致了思維方式的改變，這是我不能知道無法辨別的，而且來路已短，我也無法從另外的路上試圖，重組和塑造，這就是人生的局限，是人生本質上的悲哀。一個人上路，生命裡可以陪自己的人越來越少，親人紛紛離世，讓人在這樣的悲傷裡一直回不過神。只能身披悲傷，繼續在人世裡橫衝直撞，完成我們沒有完成的人生。

火車從湖北荊門向四面八方奔走，像一個找不到方向的人。我跟著火車向四面八方奔走，是一個尋找方向的人。而方向也如同一次感人肺腑的開悟，遲遲不能到來。在火車上看風景是我坐火車最多做的事情，有時候帶上一本書也是沒有心思看的，總是盯著窗外，儘管有幾段路我已經走了無數遍，但是我還是會看它們，它們在短時間裡基本沒有什麼變化，但是我還是想看它們。甚至在夜裡，我也望著窗外，我想著在黑暗裡可能一閃而過的奇異的風景或者燈火。我不知道這樣的燈火能不能安慰我，但是我就那樣等待著，像等著一道神諭。風景在風景裡重複，可能產生新的風景，夜色在夜色裡重複，可能等待的是一道神諭，一個奇蹟。儘管像我這樣的俗人，無法等到它真正地出現。

上一次去重慶，從荊門到荊州。再從荊州坐高鐵去重慶。在荊州轉車的時候，司機對我一個人搖搖晃晃背著一個大包很好奇，問我去幹什麼。我說在重慶有一個項目就把他忽悠了，不然他會懷疑我的腦袋也有問題。至於一個人的腦袋是不是真有問題，這也是一個說不清楚的問題，或者說這是一個哲學問題，或者說，我就是帶著哲學問題出生的一個人。歲月惠人，年紀會給人一些安慰和安全，在我二十多三十歲的時候，如果我這樣出門，一定會被誤會為受了家暴而離家出走的人，或者是一個精神病患者，人們不敢接近一個精神病患者，因為不知道他在什麼時候病發了給不相干的人傷害。如今我四十歲了，歲月給了我一張與人無害的臉，讓我在大地上行走少了一些障礙。當人們能夠用慈祥的目光看你的時候，與之對應的，你已經變得慈祥起來了。一個人就這樣不知不覺地老了，老了的人多少會得到生活和陌生人的寬容，就是說我剛剛邁出腳在大地上遊走的時候，我已經老了，這真是一件悲傷的事情。但是還能走動，多少抵消了這樣的悲傷，相比於一輩子困頓於一個地方而無法邁出腳的人，這無疑是天賜的幸福。

從湖北到重慶，從平原到丘陵再到崇山峻嶺。按理說這是一個逐步陡峭的過程，但是拿出地圖一看，也就是從大拇指的左側到大拇指右側的距離，地圖把大地縮小，隨便也抹去了人在大地上走動的路途，地圖上沒有人，也沒有入了人眼的花草樹木，有的是河流，山的模樣，這些都是模模糊糊的，只有路清晰得很。在地圖上，一個人會看出自己從什麼地方到什麼地方，但是卻不能清晰地知道當時當刻所處的經度和緯度，它們一次次交合，人就在它們無數的交合的點上往前跳躍，我們都是被網住的人，人的一生總想在什麼時候突然衝出這個網，但是發現這其實就是徒勞，而人如果沒有一點徒勞的精神，也就沒有了認識的趣味。

剛出荊州城的時候是平原。想當年劉備借荊州在如此廣袤的平原上需要多大的智慧和勇氣，而劉表不過是自己敗給了自己，把自己當成了一個微不足道的笑話嵌在歷史的城牆裡。這是人的性格和見識的選擇，無所謂對與錯的問題，我們看到的歷史都是已經無法還原的虛擬，沒有任何東西能夠無一遺漏地呈現。而那些無法呈現的東西恰恰是文學性地被遮蔽在歷史的長河裡。或者說也是人性的微妙處。正因為這些東西的存在才托起了一個國度燦爛的文明。但是火車的行經處，這些能夠給人想像的遺址是看不見的，或者從另一個層面上說，人不需要一年年憑弔這些遺址，不說那是已經過去了的無法確定的歷史，單單往前看，人類的文明發展到高峰一定會毀滅。我不知道我們現在處於這一段毀滅的什麼階段，我們還有多少時間多少自信能夠迎來自以為是時候的毀滅。所以，我知道這是一個遊戲，從出生開始，就陷進了這個遊戲的圈套裡，但是除了以無聊對待無聊，又有什麼好的途徑呢？

平原上能夠看到的房子都是平庸的建築。這個地方這個時代人們已經沒有了心思創新，好不容易有一段和平的時期，就抓緊享受吧。所謂的享受就是接受日復一日的平庸，而且把這些微毒的日子在空酒杯裡轉化為甘露。大多數是二層樓房，灰的紅的瓦頂，刷白的牆壁，惡俗的是再在白牆壁的四周刷一圈紅色的油漆。這些房子靜謐在那裡實在是醜，它們剝奪了大地上存在多時的和諧之美。但是另外的和諧又時時刻刻存在著：當一個老人或幾個孩子在這樣的房子前面坐著、玩耍的時候，你就會看到這些房子的表情微微一動，彷彿微風輕輕吹動二月的樹梢，人間之美一下子蹦了出來，讓你無話可說。房子周圍盡是稻田，從一棟房子到另一棟房子之間都是稻田，這時候稻子已經吐穗完成，正在經歷一個飽滿的過程，在火車上看不到這些細節，看不到它們從頂部開始黃，開始燦爛，開始在每一陣風裡一點點莊重。它們在這裡也許已經多年了，每一年都莊嚴地承擔這樣的成長和成熟。想想我的村莊，那個叫橫店的地方，已經被一種似是而非的新東西所代替：新農村的興起讓我再無法和從前一樣推開門就看見這些風裡的景物，這些本來就應該置身於農民身邊的自然之物。我，這麼一個村莊的農民，正在失去能夠稱之為一個農民的根基，但是另外的看起來更文明的生活方式進入了，我沒有辦法識別哪一種生活方式更好，但是感覺到一種傳統、一種習俗、一種簡單而質樸的文明正在失去，而且不可扭轉。

但是當我們抱著已經失去的東西哭，信誓旦旦地說它比我們正在接受的東西要純正要好是不是也是矯情的？我們憑什麼就判斷失去的東西一定比正在接受的東西好呢？這是不是中國式的田園夢的自我催眠？這其實不是我能夠想明白的問題，這些大問題就不應該讓我這樣沒有追求的人想明白，甚至我對自己的人生、對自己正在經歷的一些事情都想不明白，又何必想這些雖然在我身邊甚至正在改變著我但是依舊無法觸摸的事情呢？我喜歡看窗外，看這些我曾經看過了許多遍的風景。常常是這樣一個人在路上，也習慣一個人在路上。常常是一個人看到整個平原，也就成了一個人的平原。但是我真的不了解我看到的風景正在發生的事情，日子在這樣的走馬觀花裡度過，原本應該深入的一些細節和了解還是原封不動地存放在它們一直待著的地方。當然平原上很少有孤寂荒涼的地方，人們從山上下來，為一種安穩來到了平原上，如同河流裡的一些石頭在水流緩慢的地方聚集了起來。我不知道房子裡人群裡有沒有我前世走失的親人和仇家，我不知道龐大的人群裡有沒有明晰的主線或者一種結構。如果是隨意地組合，是不是又在期待著一種意外或者另外一種次序的發生。有時候從眼底一晃而過的彷彿很熟悉但是其實從來沒有到過的地方或者一座房子會讓人心裡一震，但是記憶已經模糊，我們不可能在一個地方找到自己前世的影子或者分身。即使找到了，也不過是兩個影子重複一種孤獨。想想，如果兩個身分：一個高雅富貴，一個貧窮庸俗，它們一旦重合會不會讓虛無更虛妄，讓懷疑像深井一樣在人的周身打轉，而再也不會有讓人喘息的時候？而我呢，我的前半生和現在就如同兩個完全不同的影子，它們卻硬生生地重合在了一起。一個人不幸的一種是清楚地看清楚了自己的處境，你只能看著，卻對這樣的處境無能為力。

但是這一點也不能成為一個人哀嘆人生的理由。人活著哪怕千重不幸，但是存在著，存在就抵消了不幸帶來的一切毀損，所以生命是在宏大的結構裡保護著生命的本身。火車一路西行，平原過去，就是山區了。山是不講道理的，忽視了循序漸進的過程，有時候就平地而起，直沖雲霄。火車開到湖北的邊上，開到張家界，就可以看到連綿不絕隨處拔地而起的山峰。海子的詩說：給每一座山每一條河取一個溫暖的名字，這是多麼美好溫暖的一件事情。但是我覺得取名字邊上有重要的事情，我常常想如果一個人踏遍祖國的山山水水，無論大山小山，陡峭的山還是平緩的山都去走一撥爬一遍將會是怎樣的一種情景呢？如我般在火車裡看著這些山怎麼夠呢？如果不親手摸一摸山上的樹木和石頭怎麼夠呢？儘管這樣不一定就被山接納了就消除了這樣的陌生。我期待的不是和自己消除這樣的陌生，我只是期待觸摸一下它們實實在在存在的山體和樹木。

有時候在山腳下，或者在山腰一塊大一點的平一點的地方就會有一戶人家，如同從天而降恰恰看準了一塊可以蓋房子安家的地方。山的襯托下，房子是那麼小，人就更小了，人的複雜的行走路線，複雜的人際關係血緣關係，複雜的心理結構就更不值一提了。人更像山衍生出來的一個副產品，是無關緊要的一個附屬。如果我在那樣的房子裡住上一年半載的，我將以什麼方式抵抗比山更重的孤獨？就是說我在這樣的山裡會產生新的孤獨？這是一個有意思的問題，難道所有的孤獨不是一個孤獨嗎？不，孤獨是有層次的，我試圖用這樣愚蠢的理由來解釋我新產生的疑問。我過於強調孤獨了，自己的孤獨和別人的孤獨，這似乎是我理解自己和別人的一種簡單而粗暴的方式。可是在這孤獨的遮蔽下，還有多少深海一般的思想和際遇呢？

這幾年，我在大地上走來走去，彷彿在補償我前半生無法行走的缺陷。但是我們那個村子，他們最多把不能去許多地方當成遺憾，而且是無關緊要的遺憾，它從來沒有可能上升為一種缺陷。他們困於一隅，也完成了既定的貧窮或者稍稍富足的一生。也許見多識廣對這樣的生活並沒有多大的影響。但是人們對見多識廣卻一直期待和嚮往，他們可以以此炫耀，未必會意識到它充盈了生命的底蘊。而我來來去去，不過是為了完成別人的一些意願，他們的事情做到一半，感覺到還差一顆彎曲的釘子。從一個城市到另一個城市，他們在人多的地方，幻想爬到人堆的頂端。卡爾維諾寫的《看不見的城市》裡有一百多個形態各異的城市，它們有一個共同的特點就是：危險！面臨隨時消失的危險，其實很多已經消失了，只留下一個遺址或者一個幻想的遺址在秋風裡進一步走向毀滅。而我們這個時代，我們那麼多城市，幾乎找不到不一樣的兩座城市了，它們千篇一律，建築一樣，設施一樣，人的表情一樣。人們再不需要創新的能力，人們只需要做一個好公民就可以好好地享受。於是人們想拯救這樣的狀況，但是不知道從何入手，想來想去，文化才是城市的根源，也是人的根源，於是越來越多有一點文化夢想的人做起了文化事業，他們樹立起了自己的文化品牌，開通了自己的文化公眾號，在這紛紛擾擾的世界裡試圖沉靜下來，也讓一些想要沉靜的人一起跟著沉靜，但是不知不覺，還是被時代的泡沫吞了進去。但是手淫的方式已經建立，手淫的快感無法忘記，所以就要硬著頭皮往前走。我這幾年接觸到了許多這樣的人，他們懷揣夢想，最後看著夢想活生生地憋死在自己的懷裡。

我是一個沒有夢想的人，從來就沒有。讓我感到快樂的事情無非是像這樣的上午，一個人安安靜靜地坐在家裡的電腦前打字，風從窗戶吹進來，麻雀在陽台上鳴叫，這就是我以為的理想的日子，其實也就是田園似的日子吧，我就覺得這樣挺好。

我對城市的生活沒有任何嚮往，一個人的日子還是要一個人完成，那麼多的人聚集在一起，怕也不能給誰壯膽。我每次外出，就是從鄉村到城市，從一個人的日子到許多人共同組織起來的虛幻。我常常想這種虛幻是從什麼地方什麼時候建立起來的：是從一個自己並不喜歡的項目，從不想笑卻要刻意去笑的場合，從夜晚走進酒吧或者走進一個咖啡館，從面對一個陌生人而封閉起的一部分心扉？從對電與水的占有？從對文化的企圖還是想把自己從人群裡拎出來的焦慮？說到底，人的欲望就是太多的人聚集在一起首先對公共資源的占有欲而形成的。我去城裡，偶爾會覺得自己需要一些暈頭轉向，反過來這也是對在鄉村裡吹動的風的一種尊重。

看起來，人似乎被這樣的日子給撕裂了，除非你能夠從自己的生活鏡像裡跳出去，以旁觀者的眼光看著自己這個奇怪的人，甚至當你跳離開去再不把自己當一個人看的時候，許多問題就能夠迎刃而解。但是我從來不會把任何事物當成需要解決的問題，因為我就是問題的本身。在來來往往之間，一些情意會慢慢產生，人與人之間除了沮喪的部分也有溫暖的部分，否則人不可能走到今天，何況是如此和平的一個時期。人產生的情意如同一層薄膜輕輕地裹住這個時代，輕輕地給這些沮喪的人一些安慰。我每一次外出也是安慰和被安慰的過程，即使沒有人安慰我，這路途上的山山水水也安慰了我。只是我沒有機會在那樣的深山，那樣的長水邊待長一點時間，沒有能夠獲得額外的富足。現在想來，這些人首先帶給我的是一程程山水。想來他們也是看夠了山水的人，所以才能選一座城市居住下去，嬉戲下去。但是別人的生活總是與自己無關的，因為這來來回回裡，也沒有和一個人建立多深的關係。這是足夠寂寞的，而且是足夠淺薄的寂寞。

但是一切不過如此。我不能不外出，我不能不在生活允許我嬉戲的時候浪費這樣的機會。生活沒有教會我順從，但是我知道要順其自然。火車在張家界的地域裡前行，一個山洞接一個山洞，風聲呼嘯而來，又無聲隱匿下去，每一次進山洞，我的身體都微微一顫，我以為山體裡藏著一些祕密：宇宙的，人類的，群體的，個體的，人的，神的，鬼的……大地上的事情會在這個地方融化，它讓人敬畏。一些鬼神的故事都和山有關係，甚至與開鑿的火車隧道有關係。從荊州去重慶的隧道裡，很多是沒有安裝燈的，窗外黑漆漆的，窗戶上映出火車裡的燈光和自己的臉。我常常想如果我的親人——父親和兒子，甚至已經去世的母親，如果他們坐在火車上經歷這樣的時候，他們會想什麼呢？兒子一定會看手機，也許會想一些事情，這是我不知道的。父親母親如果能找到和自己聊天的同座，就會聊一下七七八八的事情，人到了他們這個年紀，就是有許多話要說的。我想像我喜歡的一個人，如果他在此刻的車上，他會做什麼呢？他會不會盯著窗外的夜色發呆，還是只顧著手裡的書本看？他讀了那麼多，他也帶著書本天南地北地走，他會不會和我一樣永遠不會對窗外的風景厭倦？

我是一個容易厭倦的人。這麼多年，除了文字沒有讓我產生厭倦，什麼都讓我產生過厭倦，包括對一個人的感情。曾經以為的天長地久的情意那麼容易就被自己的厭倦擊碎，再也沒有把它收攏的耐心。現在我對這個人的喜歡是如此隱晦，如同暮色掩蓋下的大山：花草樹木，鳥語泉聲，老虎害蟲都被深深地遮蔽起來了，當然是自己遮蔽了自己。我卻在這樣的遮蔽裡得到了溫暖，不具體的大而不當的溫暖。常常想像他也在不同的地方行走，不同的是他是從一個城市出發到達另外一個城市，而回去的還是他原來的城市。如果他也是喜歡山水的，想來獲得的就會比我多出許多了。但是我們，我和他，在命運的運行裡，已經失去了交融的可能性，有時候也不會覺得這就是哀傷。彷彿這無法交融的苦痛產生了新的更遼闊的空間，我說不清楚這空間在哪裡，是什麼形態，但是我感覺到了它的存在。

火車突然停了下來，在一個陌生名字的小站。很小的一個月台，幾個修路的老年人把鐵鍬栽進土裡，對著車上的人笑著、猜測著。這猜測給了這些常年在深山的人一些趣味，他們瘦削的皺紋密布的臉上一縷縷笑飄了出去，在一盞昏暗的燈光下讓人覺得恍惚。小站外面就是陡峭的山溝，如果誰在路邊一個恍惚掉下去了準是沒命。我們眼裡的風景哪一處不隱藏著危險？想想我們的人生也是如此，看起來四平八穩的日子不知道哪天就一聲驚雷。從車窗望遠一點，就看見對面山上一處小小的昏黃的燈火，小心翼翼又滿懷信心地嵌在半山上。但是如果從這個地方走過去，又不知道需要多久，經歷怎樣的困難？距離遠遠超出我們以為的距離。

就在這個時候，我突然看見了掛在天上的一片星星。它們出現得很突兀，彷彿一下子從天空裡蹦出來掛在那裡的，那麼大那麼亮。它們的光把黑漆漆的天空映藍了，黑裡的藍，黑上面的藍。我的心猛地顫抖起來，像被沒有預計的愛情突然封住了嘴巴。在我的橫店村，也是可以看見星星的，在我家陽台上就能看見它們，但是許多日子我已經沒有在陽台上看星星了。一個個夜晚，我耽擱於手機裡的花邊新聞，耽擱於對文字的自我圍困，也耽擱於對一些不可得的感情的糾葛，我已經很久沒有看到星星了。

但是此刻，在這崇山峻嶺之間，在這與鄉音阻隔了千山萬水的火車上，我欣喜地看到了這麼多這麼亮的星星。我幾乎感覺到星光的流動，它們在流動裡互相交匯而又默默無言。如果有一些天文知識，就會知道它們的名字，也會知道它們之間可能存在的關係，但是這些名字和關係對於它們都無關緊要，那只是別人給它們的名字，而不是它們本身就存在的稱呼。如同我，一輩子帶著余秀華這個名字行走，如果我願意，我也可以換成任何一個名字，所以名字是無關緊要的事情。我在這些不知道名字的星星的映照下，幾乎屏住了呼吸，我的一次呼吸就像一次破壞，如果這個時候我說一句話，那幾乎是不可思議的事情，也幸虧身邊沒有可以說話的人。

這一刻，我是寂靜的，身邊的人變得無關緊要：我不在乎他們怎樣看我，也不在意我臉上的表情是不是讓他們覺得奇怪——這些，彷彿成為了一個生命體系上最可以忽視的東西了，但是我一直那麼在意過。我不祈求同類，也不希望理解，我還是那麼在意過，這實在是一件悲傷的事情。這星天，這大山，把一列火車丟在這裡，如此隨意。火車上不管戴著多少光環的人同樣被遮蔽在大自然的雄偉裡。想想不出幾十年，這些人包括我都無一例外地化為塵土，但是大山還在，從大山上看到的星空還在，想到這裡，我感到喜悅，一種永恆的感覺模模糊糊地爬遍全身。而我，我受過的委屈，我正在承受的虛無也化為一粒塵土。我們嚮往龐大的事情：榮譽，名利，愛情，這些都是枷鎖，是我們自願戴上的枷鎖，也是我們和生活交換一點溫暖的條件，是我們在必然的失去之前的遊戲。

火車停的時間不長，但是望星空卻是足夠了。在不可避免的汙染裡，還能看到這樣的星空，真好。當然星空一直在那裡，我們自己遮住了自己的眼睛。我們在一次次跋涉裡不知道自己的去向，後來也忘記了自己的來處，但是去向和來處都還在，它們不會丟失，只差一個轉身的看見。想到這裡，溫暖漸漸覆蓋了內心的荒涼。

可怕的「永恆」

泰國電影《永恆》，當初我懷著對所謂倫理的好奇看了一遍，當時的感受我忘記了。前一段時間想起來又看了一遍，如果再進行劃分，這部電影就會被我劃分為恐怖片了。

故事是這樣的：風流多情的伯父在社交場上認識了一位年輕的女子，女子美麗，對動盪的社會厭倦，有一雙看透世事而還不至於絕望的眼光。她的氣質一下子就吸引了閱人無數的老男人，把她帶回了森林。但是森林裡，年輕的女子和年齡相仿的姪兒一見鍾情，終於用肉體的融合證明了這樣的鍾情。伯父發現了兩個人的私情，用了一個特別的懲罰方式：用一條鐵索把兩個人拴在了一起。

這個老男人對人性的了解讓他的陰謀沒有意外地得逞：兩個年輕人開始欣喜若狂，他們要的就是兩個人永不分離的愛。這根鐵索不是特別短，兩個人有大約一．五米的活動距離。但是沒有多久，他們的分歧出現了，生活裡一些瑣碎的事情再也不能以愛的名義統一，痛苦出現了，一天天加深，最後到無法忍受，女人開槍打死了自己。

老男人的懲罰在這裡就惡毒起來：他依然沒有打開他們之間的鐵索。他的潛台詞可以理解為：既然如此愛，還在乎生死嗎？他的姪子看著愛人腐敗的屍體，瘋了。一個女人可憐他，一刀砍下了女人拴著鐵索的那隻手，姪子就拖著那隻手在森林裡瘋跑。故事在這裡落下帷幕。

這個故事看起來凶殘，不近人情，震撼人心。但是我覺得它的邏輯性是準確的：兩個拴在一起的人，故事裡的結局是唯一的結局，沒有第二種。為什麼如此震撼人心，因為它說出了我們共同的人性：愛在人性面前簡直就是一個謊言。

一個人的悲哀之處在於，她在追尋愛情的時候依舊保持著對愛情的警惕，愛情的歡愉無法超過她對愛情本身的懷疑。（希望上帝原諒我如此悲觀，如果影響了不諳世事的青少年，我很抱歉。）當然，四十歲的我再說到愛情很是不合時宜，因為對愛情的需要已經低於我對其他事物的需要。

我理解的愛情是通過不同的一個人找到通往這個世界的另一條途徑，所以對這個人的要求是苛刻的：地球上的人太多了，但是看上去都不對。有時候看上去似乎是對的人，結果也不對，所以這是很煩人的一件事情。但是當一個人在家完成了打開世界之路的途徑，愛情就不重要了。

從這個故事看來：兩個人在一起形影不離，他們的生命形態就單一起來，他們的生命角度被迫單一，而雙方沒有能力給對方不一樣的營養和喜悅，生命就此枯萎。問題是，如果是一個人在這樣的生命角度上，是完全可以承受的，甚至可能一個人過得詩情畫意。兩個人不行，絕對不行：我們以愛的名義可以接受一個人分享生命，但是分享，不是入侵。任何被迫的連接都有入侵的成分，這是無法改變的事實。愛情不是萬能的，至少它在被固定的距離裡就出現了局限性。

一個女人愛著一個男人，在她年輕的時候，整整愛了十年，她曾經以為可以一直愛下去，所以在任何場合，她都說過她愛他。但是十年以後，她的愛已經不在了，她不知道為什麼以為永恆的愛居然消逝得一乾二淨，愛情的祕密永遠在，在你以為看破、以為了解的時候它依舊清晰地存在，對你的答案寬厚地嘲笑。

而周圍的朋友覺得她不愛他了，是她變心了，是她的生活環境好了，她的心就不純粹了。問題是她來不及變心，愛就退讓了；來不及喜新厭舊，舊的就自己躲起來了；這個過程裡沒有誰失聲叫出口。幸運的是：愛情是一件虛無的事情，我們高興的時候可以為虛無的事情活一活，不高興的時候，虛無和我們毫無關係。

可是，說到這裡，我否定了愛情，難道是崇尚一個人的生活，難道一個人過下去？我無法回答這個問題，我的答案也許比愛情更短暫。頭有些疼，如同一個人下象棋，左手把右手的將逼至一角，而右手失去了還手之力。

但是我喜歡「永恆」這個詞語，喜歡這樣的詞語當然有一些自欺欺人的感覺。不過自欺欺人比別人欺騙你似乎要好一些。想像一下：兩個人沒有了愛情還被鐵索捆在一起，我們能不能以人性的寬容允許一個人出現在自己的生命一角。答案是：不可以！生命的尊嚴就在於它的不可侵略性。生命裡的許多東西無法跟別人分享：我不想成為別人，別人也休想成為我！結論：愛情不能侵略生命的自由！

有一首詩是裴多菲的：生命誠可貴，愛情價更高，若為自由故，二者皆可拋。這個詩看起來很完美，但是結論不一定正確：肯定，自由是第一位的，沒有自由，其他的都是見鬼。我的排序是這樣的：自由，生命，愛情。當然更科學的排列，生命就應該在最前面，不過在自由面前，我認輸一回。

我想說什麼呢？我想說人的天性：永恆的事物一定是絕對的，不可重複的。如此說來，我希望生命不是永恆，甚至可以輪迴，不過輪迴的意義又是什麼呢？佛說：參破！好，這個問題解決了，不過參破如果是一個謊言怎麼辦，因為它可以無限延伸，讓人永遠參不破。而愛情，它存在，它的確定性並不是兩個不變的人的確定性。愛情一直在，不過愛的對象發生了變化，這似乎並不能說明什麼問題。

這幾天，各個地方都在下雪。我這裡沒有，但是空氣冷冽。遙想泰國的那一群人已經消失在歲月裡了，一些為愛赴死的人也理所當然地消逝在歷史裡了，風在那個森林裡呼嘯，並不曾為誰的委屈招魂。

人間允許我活著，而且一時感覺不到危險，這已經是一件美好的事情了。愛情嘛，可以另外計較。

饋贈

1

竟然覺得：當你心有幸福的時候，幸福就已經悄然光臨。這時候，幸福似乎也成了天賦和能力。而這能力不是你努力得到什麼東西的過程，不是你能夠使出的力氣、心機和技巧。恰恰相反：它是把一切形而上的努力放在一邊，用一雙旁觀者的眼睛看著這些的時刻：把什麼都放下了，手裡無沙，心坦然在此刻，在天地之間。當能夠放下一切的時候，放下的過程就是獲得。

誠然，我不知道此刻我放下的是什麼，我能夠放下什麼，也許，我也不曾放下什麼，但是幸好沒有影響我此刻的喜悅：陽光亮堂堂地照在院子裡，照在舊了的瓦片上，照在屋脊和垂下來的瓦簷上；總是有一些小麻雀跳來跳去，在屋頂上，或者在院子裡，這時候的陽光也是動態的，麻雀兒的翅膀一扇，陽光就一圈圈地擴散開了，和另外擴散開的陽光交織在一起，糾纏在一起，院子裡就有了細微而密集的聲響。晾在院子裡的毛巾已經舊了，顏色已經毀得看不見當初，但是看著它，感覺安心，彷彿日子正晾在藤子上，把黴斑和漏洞都袒露給陽光。

這樣的時刻一直被我熱愛，由衷地熱愛。當我第一次感覺到它的美好的時候，這熱愛便從來沒有間斷。它一定無數次撫慰了我的悲傷和迷茫，在我不經意的時候；它一定許多次給了我不動聲色的希望，讓我一天天從床上跳起來。對陽光，對大自然的熱愛一定是人的一種天性，它讓我們不會背離自然很久很遠。

這時候，如果想在這樣的美好上錦上添花，就是沏一杯熱茶，打開電腦，打開一個嶄新的文檔，讓文字一個接一個地蹦上去。當然，這些文字的排列順序不一定讓人滿意，可是白紙黑字看著總讓人愉快。

有人總在問：你為什麼寫作，寫作對你意味著什麼。其實當你喜歡一個人或者一件事情的時候是根本不需要理由的，我無法判斷所謂的理由是否總是帶著一種不願明說的目的性。喜歡一樣東西，我說的是骨頭裡的喜歡，一定帶上了先天性的屬性，和生命的染色體有關。我始終覺得：寫作的過程就是寫作的目的！因為在這個過程裡，你已經獲得了足夠的喜悅。寫作的過程帶來的喜悅遠遠超過了發表或出版帶來的快樂，這是一個人能夠把寫作持續一輩子的唯一理由。

感謝上天賜予我寫作的心願，這心願的存在就是喜悅的存在。

2

你為什麼寫作？

如果不用「我喜歡」來潦草，也是直截了當的回答，就很可能變成一個繞來繞去的哲學問題。當然說到哲學，也不必大驚小怪，「哲學」兩個字也不過是一個籠統的命名，它並不對它命名的事物負責。我邪惡地想：我也不一定對我的文字、對我說過的話統統負責，因為我也許就是借用了哲學兩個字完成了我人生的一些問題。

但是從根本上，我相信人生是沒有問題的。我總是為求方便，把要飯的、當官的、貧窮的、富甲天下的看成一體。我的意思是說：如果他們同時注意到了「人生」這件事，並在這件事上努力了，上天會賜予他們相等的財富。這財富是：喜悅。是和我一樣在看到陽光的時候感受到的喜悅。

是的，寫作也是在消除差距，不是貧富差距，不是所謂的社會地位的差距，而是心理的差距，對幸福感知能力的差距。我覺得這是人的根本差距。衡量幸福的標準就是衡量一個人對庸常的日子愛的方式、愛的部位。

寫作是一個修行的過程。我總是覺得所謂看破紅塵、突然躲到某個寺院裡去修行的人有一些逃避的意味，但是修行肯定不是逃避，而是深入地理解，這深入的理解就是「看破」了。有人說詩歌和生活是分開的，我不知道他們是怎麼分的，文字就是一個人日常的思想，怎麼可能分開？這只能說明他們對詩歌不夠喜歡。

我不喜歡的一種說法是：用生命寫作。這肯定是本末倒置了。生活永遠是根本，如果寫作能夠救贖生活，那也是上天安排的心性，自我的覺醒救贖了一段泥濘的歲月。到現在，我也不會以為，寫作是對我的救贖，因為我的寫作是一種天性，哪怕要飯，我也未必能夠捨棄。那時候在溫州打工，沒有電腦，沒有桌子，我是趴在床上寫了半個本子。這與所謂的堅強沒有半毛錢的關係，只是喜歡，骨子裡的喜歡。

最貧瘠的人生不是物質上的匱乏，而是沒有一個持續的愛好，想想就是一件很可怕的事情了。感謝上天，給了我寫作的愛好，並讓我從中獲得扎實的歡喜，這是多麼美好的饋贈。

3

我一直在思考：為什麼我會突然撞進人們的視線，為什麼被許多人接納和認識，為什麼人生的聚光燈會一下子打在我這連配角都不是的人身上，我何德何能？這樣想的時候，我對那些無端侮辱、謾罵我的人就沒有那麼多恨意了：這是我原本就應該承擔的苦難，不過是在這樣熱鬧的時候到來了，它也許來的時間不對，讓我手忙腳亂，但它注定是會到來的。

因此我對自己也有懷疑：我沒有做什麼好事，如果說榮譽，我擔心配不上這樣的榮譽。我不過在獨善其身，而這獨善其身的過程還伴隨一些憤憤不平。唯一能做的就是不說假話，不是不想說，是一說自己就不舒服，感覺虧待了自己。難道上天就看中了這一點？未免過於厚道了吧。

二〇一三年，我從錯綜盤結的事情和情緒裡爬了出來，但是我依舊無法得到解脫，許多問題我知道癥結，知道答案，問題是我不甘心：我覺得是我的殘疾毀了我的人生，毀了我可能擁有的生活，那時候別說是罵人了，殺人的心都有。當然最後殺了我自己。怎麼辦？必須活下去啊，那時候的心情是：暫且活著，試試看。看什麼我不知道。

一個偶然的契機，我開始了寫小說。每天不寫多，只寫兩千字，但是堅持寫。寫了一段時間，我的心情好了，莫名其妙地好了，許多事情放下了，我想我真的是通過文字完成了自我救贖。寫作一定給了我重新認識自己的契機：你得承認殘疾帶給你的一切！通過文字的自我梳理，我重新面對自己：你就是殘疾，上天給你的殘疾就是為了剝奪你可能獲得的幸福。

那麼反過來：我認為的那種幸福就一定是幸福嗎？難道不是別人有而我沒有所形成的嫉妒？我一遍遍思考我的性格，我能夠承受的東西，再把這些與整個人生格局結合，我覺得：好了，這就是我應該承受的。上天給了我一副殘疾的身體，我不為它承擔一些，總是說不過去。

4

今天，二〇一六年一月二十一日上午，又是一個大好的晴天。昨天有人說今天要下大雪，居然變成了陽光燦爛的日子！兒子窩在被窩裡玩手機，我早上起來洗了衣服，衣服晾在屋外的陽光裡。乾脆把沒有洗的衣服也拿出去曬了。然後按朋友的要求給他寫了一行字：讓詩和愛在大地上放歌。他說可以按照我自己的想法自由發揮，我覺得這幾個字就足夠好了。詩歌和愛，我相信，會永遠在大地上放歌，哪怕這個世界滿目瘡痍。

二〇一五年，我每一個月至少出門兩次，有時候在外面待半個月。詩歌帶著我天南地北地跑，我沒有想到它有這麼大的力量。然而無法否認：它的力量超過了我的想像。詩歌在這裡體現著它的價值：它被人認可，被人接納了。許多原來不讀詩歌的人開始讀詩歌了，到現在，我終於肯定了一點自己的價值：我把詩歌帶出了家門！所以，對我毀譽參半的評價，我就覺得無所謂了。

有人問，你這一年到過了許多地方，想法和寫作會有什麼改變嗎？其實不然。詩歌的本質是向內走的，外界的變化如果達到了引起內心的變化，才可能引起詩歌的變化，那些走馬觀花似的聚散，我還沒有能力將其深入內心。而世界以及世界的變化不過是我們觀照自己的一個參考，如果一個人指望外界的變化而改變自己，肯定是靠不住的。一個人為什麼能夠吸引別人，當然是他內部的氣質外溢而出，這是獨特的，外部的世界具有太多的共性，我們都知道，所以就失去了吸引。

我從來不指望吸引別人，我覺得這樣很淺薄，我得吸引我自己，讓我對自己有了熱愛，才能完成以後一個個孤單而漫長的日子。我的這個心願，是對自己最好的饋贈。

禮讚

幾日的豔陽被遮蔽起來，春節也就結束了，當然一些過於熱鬧的日子也不適宜久留，熱鬧只屬於熱鬧本身，如同一件一次性衣服，過了一夜就穿不起來了。可是，也唯有短暫的熱鬧讓我們沉醉，相比於長久的孤獨。而孤獨是一個書面化且高貴了一些的詞，用在雜亂無章的生活上，如同給癩子穿上了一件華美的衣裳。

昨夜風起了，樹枝相互糾纏，捽打，折騰出層次不同的響聲：樹枝高一點的，聲音清脆一些，下面一點的或者被擋住的，聲音就沉一點。風和樹達成的共識裡，有巨大的寬容，一些寬窄不一的形容詞進進出出，落到地上又返回枝頭。關了手機，我卻怎麼也睡不著，春天的一些情緒先於春天進入了我的身體。

想起傍晚時候，從田野上走回來，經過屋後的竹林，聽見一片熱鬧的鳥雀的叫聲。家的周圍搞新農村建設，這些鳥兒能夠去的地方就少了，所以一時匯聚到我家的竹林裡了，這些可憐的鳥兒，幸虧人們現在還無法占領天空。

風起起落落，彷彿每一根竹子上都站著一隻甚至更多的鳥。我不敢走進去看個究竟，在這個世界上，許多時候，我們都只是局外人。當然，做一個局外人也沒什麼不好，我們的快樂並不是一定的參與，而是適當的參與。想起在微信朋友圈看到的一個話題：不一定你的高曝光度就意味著世界接納了你。

我想，只要不是刻意曝光、時時而為，也不一定就是壞事。而這個世界是否接納你並沒有確定的標準：何為接納何為不接納？你能夠來到世間，就已經被世界接納了，世界哪有那麼狹隘，它不是一直寬容各種各樣的人兀自生存嗎？哦，你說的是被社會接納，是被一種所謂的「成功」裹挾。但是我不受這樣的裹挾，這樣的接納於我就是毫無意義的。

世界首先不是個人的嗎？接納是一件基本的事情，然後是融入，是能不能與這個世界和諧共處的問題。而「處」就關係到人際關係了，我覺得一切讓人不愉快的人際關係本身就不是我所需要的，何必為它多花費心思？

世界能不能接納一個人是次要的，首先自己能不能接納自己才是根本。因為快樂從來不是來自於外部，而是來自於自己的內心。很簡單的一個道理：我接納這個不接納我的世界，這個問題就迎刃而解了。

常常見到一些遺世獨立的人，他們已經從自身獲得足夠的快樂，加之以山水物景給予的，這一輩子就能夠自給自足了。我們即使不能做一個遺世獨立的人，但時常保持一顆遺世獨立的心也是好的：在我們不被接納的時候，在外面被拋棄的時候，依然能夠安度餘生。

比如我家屋後的那些鳥兒，牠們的到來就從來沒有想過是不是被接納，牠們只是為了完成對生命的禮讚，而對生命的禮讚除了生命本身其他的都是虛設。基督教裡有一首歌唱得非常不錯，它對田野的野百合是這樣說的：也不種，也不收，天父尚且養活它。老子的思想在今天看來似乎有局限性，其實它正好說的是生命本質的事情。

這些日子，我就在想：我被這個世界接納了？那麼多人知道了我，認識了我，甚至了解了我，我真的被這個世界接納了嗎？其實我並沒有把這個問題想清楚，而且我覺得想這個問題很矯情，它與我的日常生活沒有一點關係。一個人的日常生活才是生活，除此以外，不過有我們需要做的事情，和這些事情帶給我們的回應，如此而已。

退一步講，就算這個世界真的接納了你，又怎麼樣呢？你所過的還是日常日子。我們不可能也沒有理由消費這個世界過多的熱情。

今天的風還很大，和昨夜一樣。無所事事的人心也不踏實。風把香樟樹搖得很厲害，彷彿也不知道該把自己怎麼辦，搖一會兒放一會兒，樂此不疲。天色陰沉，房間裡的光線也不明朗，橫七豎八的書亂擺著，被這些書包圍，如同無限的虛空裡手裡還有一根可以抓握的稻草。

看到余秋雨說的一句話：平庸是一種被動又功利的謀生態度。這句話讓我喜歡，因為余先生的意思好像是：平庸不是一個人的本質，而是一種謀生態度。但是謀生就是平庸嗎？一個謀字已經足夠艱辛啊。而人在世間，除了謀生還能幹什麼？文化和藝術不都是在謀生的過程裡創造出來的嗎？我想如果謀生的過程已經完成了生命的喜悅，這就是人的最高價值了。

庸俗總是讓人憐憫。我們在庸俗裡耗盡一生，沒有幾個人能擺脫庸俗，但是我們又不能與庸俗為敵，除非是與生活的本身為敵。但是我覺得只需要一點好的心情就可以給庸常的日子錦上添花，這心情首先就是平常心，然後就是平常心上的一點愛好，只有愛好才是能夠真正取悅自己的東西。其實庸俗好像一個地基，因為沒有比它更低的東西了，有了庸俗做基，我們可以構建出許許多多的事物，如此多好。

說了半天，我是想安慰我正過著的庸俗的日子：而四十年過去了，我已經失去了逃離它的欲望，我已經有了一顆和它糾纏在一起的心。一夢驚醒：啊，四十年就這麼過去了，我還沒有準備好呢。而人生是不會留給你準備的時間的。不過好在人生從來就不是一場比賽，它不要求你的速度，只要求你把這一段路走完，甚至允許走彎路，因為所謂的彎路最後來看都是順理成章。

吃了中飯，風還是那麼大，葉子落在院子裡，掃了一層又落了一層，時間斑駁，所有的事物都靜謐在風中，只有風在自我喧譁。日子已經舊了，再舊一點也不過是今天的顏色。

我愛這哭不出來的浪漫

1

藉嚴明的這個書名，在這段時間少有的安靜夜晚裡，敲幾個字，芬芳自己。院子無月色，月在我心；月季無花朵，花在我心；我愛這幽寂的，清愁暗鎖的夜晚。如同從一個熱鬧的場合裡出來，回家的路上是大塊的青石板，一些玲瓏的屋角翹起古色古香，茶花怒放，貓步輕盈。

大地依舊寬容地收留著我，讓我放縱，讓我安靜；給我沉迷，給我清醒。橫店濃郁的氣息在我骨骼裡穿梭，油菜花浩浩蕩蕩地開著，春天吐出一群群蜜蜂。

2

有人自遠方來，叩我柴扉，許我桃花。我無法知道我和命運有怎樣的約定，我唯一能做的是順其自然。順其自然地活，某一天也是順其自然地死。骨葬大風，無須祭奠。而現在，我在一個夢境裡。人生是一個夢境套著另一個夢境，大夢如真。

真實的是和劉年QQ裡的隻言片語，我戲稱他劉教授。他叫我小魚老師，似乎看見他嘴巴蠕動了幾次，齒縫裡的氣流，捲舌音不那麼順滑。然後是他那疑似八字鬍蠕動的樣子。有一次他說：你現在說話比我清楚啊。我大笑。

3

人都有自己的一個角色，有人喜歡把自己看成導演，我從來沒有這樣的野心。我一直盡力配合命運，演好自己的這個丑角，哭笑盡興。該活著的時候活著，該死的時候去死，沒有顧忌。只是現在，命運的錯位裡，聚光燈打在了我身上，我能如何？我本來就是這個角色，本真即為表演。

一直有人問：你現在成名了，生活有什麼改變？天，讓我怎麼回答？生活是什麼，是一個接一個的細節，我參加的那些活動、節目怎麼能叫生活？我雖然不會對這美意警惕，但是的確無理由欣喜若狂。我愛這浪漫，這哭不出來的浪漫。

我心孤獨，一如從前。

4

這一場變革裡，「恩人」多了，「朋友」多了。而我身上的光芒如此小，不夠任何人來勻攤。好幾個論壇都說我是從他們論壇走出去的，其實我上好多論壇，我根本不知道我是從哪裡走出去的。一些人稱自己是「恩師」，也不知道人家文能為師，還是德能為師？

我在想，為什麼會這樣？想不明白，不過是看透虛無，讓自己活得更無畏。

人生如戲。本真就是一個角色，你再多表情和台詞，真的，不划算。

戴假面具入土，你會後悔嗎？

5

去北京，總感覺是回家，《詩刊》在那裡，劉年在那裡，出版社在那裡，楊曉燕在，范儉在，董路，天琴……這些名字讓我心疼，讓我短暫依偎，雖然無法預計以後的事情，但是此刻，我想起了。

人生是一次次遇見又別離的過程。謝謝蒼天。武漢，成都，昆明，我都遇見過我的親人。

6

我不知道上天為何厚待於我，我如何有被如此禮遇的資本？我沒有。我只是耐心地活著，不健康，不快樂。唯一的好處，不虛偽。

有時候非常累，但是說不出累從何來。有時候很倦怠，又提醒自己再堅持一下。

其實，此刻若死，無憾。

7

靈魂何處放？這個倒楣的問題多麼矯情，但是我的確不知道。我說：人生是一場修行。

難道修行沒有欲望？去掉欲望的本身又是新的欲望啊。

我修行不為世俗名，我修行不為好婚姻，我有何值得？

我求心安。（寫到這裡，突然雲開月出。）

8

於是想到詩歌的功效。

許多人說我的詩歌是個人抒情，不關心國家社會。親愛的，關心是要實際付出的，我們不能在一個高大上的話題上粉飾自己。比如災難，詩歌有什麼用？比如腐敗，詩歌有什麼用？

詩歌一無是處啊。

但是，詩歌通向靈魂。靈魂只能被自己了解，詩歌不寫自己能寫誰？

活著，拒絕大詞

1

第一個詞：苦難。

這一年裡，我到過了許多地方，見過了許多記者以及和我一樣喜歡詩歌的朋友，他們或者在採訪的時候，或者是在我演講的時候提出問題：你是怎樣把苦難轉化成為詩歌的？是以什麼樣的心態面對生活的苦難？

說真的，「苦難」這個詞的確會讓人陶醉：好像一個經歷過苦難的人就是一個值得尊敬的人，他的生活態度不會錯到哪裡去。苦難之所以成為苦難，它已經去偽存真了。還有一個意思彷彿就是：我是從苦難裡出來的，我經過的苦太多了，我以後再犯錯也是可以被原諒的。有多少人在苦難之中始終保持自省，有多少人經歷過了苦難之後依舊不會自憐呢？

我對「苦難」這個詞充滿了敬意，但是如果說我的生活本身是苦難的，我則有了警惕。

是的，生活很苦，也很難，這個難是困難的難而不是災難的難。我以為活著的、還在呼吸的人，無論什麼樣的際遇都不能叫「災難」。因為選擇權在你的手裡，你隨時可以逃之夭夭或者自殺，沒有人強迫你在這個世界上一直活下去。

苦難能夠被轉化為詩歌，已經是很了不起的一件事情，它給了我們書寫的可能性和途徑。但是反過來，苦難依舊是苦難的本身，我們的書寫並不會減少它，不會讓它得以改觀。生活的難處對一個人心靈的影響就形成了苦難，書寫出來只是說出來而已，但是它依舊在那裡。

有一些時候，我覺得苦，苦不堪言，沒有任何人可以幫助我，於是非常絕望。而人之所以會絕望是因為她有過希望，而希望往往是求而不得的欲望。往往這個時候我就會用生命的本質來勸解自己：活著，有飯吃，有衣穿。好了，這就夠了，這是最重要的一件事情了。既然最重要的事情還在，其他的就不要那麼計較了。人，不能貪心。

這個世界上，活得痛苦的人太多了。而所有的痛苦都是有根源的，這個根源其實很容易找到。很容易找到的東西當然不會有多好了。我們的痛苦還在於我們生命的短暫，在於這個短暫的過程裡生命值不能被最高限度地利用。而苦難是從另一個方面成全了生命的價值，所以，謝謝命運的安排。

我十分想問：你以什麼標準來判斷我的生命就是苦難的呢？首先是因為殘疾？對，殘疾是一個不能忽視的詞，它左右了一個人的身體，因而也改變了一個人靈魂的走向。我覺得人的身體如同一個實驗體，它提供了不同的版本，看看能夠把靈魂往哪個方向帶。

不可否認：殘疾的身體帶來了許多麻煩，失去了許多的可能性。但是有一件事情是公平的：這個身體裡的靈魂對外界的感受不會比別人少，這是至關重要的一件事情。真正的喜悅都是來自靈魂深處，而不是外界。

但是正因為這沒有削弱的感悟能力，加上身體的困擾，就形成了深深的哀愁。

我想，生命裡有無法拒絕的哀傷，經歷了這麼多事情，這哀傷還是如影隨形。但是這是苦難嗎？不是。一個人怎麼可能沒有哀傷呢？

所以，我沒有太多的苦難告訴你，你也不可能在我身上找到打發苦難的方法。我只想活著，咬牙切齒，面目猙獰。

2

第二個詞：堅強。

這個詞不是一個貶義詞，而如果用在一個女人或者一個殘疾女人的身上，它肯定就不是一個褒義詞。從這個詞的詞性和組合來看，它堅硬而冷漠，它是兩隻盯著你看而沒有任何表情的眼睛。如果這個詞盯著你看的時間長了，你一定會緊張、厭惡。

生活是一件自然不過的事情，而「堅強」是強加在一個人身上根本說不清楚的感覺。而什麼樣的人的表現會更容易給人這樣的感覺呢：首先肯定是生活困難的人，比如我。我太符合這個標準了：我身體殘疾，婚姻不幸，生活在農村；而現在，我媽媽病了。說真的，這些事情我也無能為力，我也只能望著它哭，我甚至想逃離這所有的事情，脫胎換骨。

我能怎麼辦呢？我根本沒有辦法，毫無辦法啊。但是我還不想死，我得活著。因為活著，我就必須承擔這些事情，這是被動的而不是主動的選擇。沒有誰會主動選擇困難，除非那個人是神經病。因為這樣，我就堅強了。

堅強這個詞是讚美，但是翻開被讚美的對象，有哪個不是鮮血淋漓呢？堅強不是別人能給你的一頂桂冠，而是你面對生活迫不得已實實在在的一種態度。

一個堅強的女人從根本上來說也是不幸的。因為她柔弱的肩膀得不到任何依靠，如此，甚至說她的生活是失敗的了。幸運的是生活的失敗既不可恥也不可怕，正因為這樣的失敗，她的人生就明明白白地擺在了那裡。而我們的人生不是為了給誰看，也不是為了取悅誰。

所以，堅強關乎我們自己，是我們自己靈魂的對照。而這裡的堅強就摒除了外界的看法和自以為是。我們所堅持的東西一定是我們喜歡的，因為喜歡，所以堅持，堅持久了就成了堅強。

我突然想到，當別人說我們堅強的時候，我們還是默默認了吧，沒有什麼好辯論的，也沒有必要無聊到讓別人來了解你那些破經歷。你的經歷不可能成為榜樣，也犯不著讓人來噓唏歎息。

所以，不要說我有多堅強，我不過是死皮賴臉地活著，而且活得並不那麼光彩。

3

第三個詞：榜樣。

見的人多了，自然會遇到各種各樣的說法，無論批評還是讚美，人們都喜歡用一些詞語來界定你，不管對不對，他們的心裡總需要一個評價。於是就聽見說：余老師，你是我們學習的榜樣。

這句話說出來總是讓我冷汗淋漓。我不就是一個寫了幾句詩的農村婦女嘛，怎麼可能成為別人的榜樣？於是榜樣這個詞在我這裡也形跡可疑了。

我從來就沒有一個榜樣，也就沒有從任何一個榜樣身上獲取過力量，如果曾經的青春因為沒有榜樣而有所欠缺，那就讓它欠缺著好了。

雷鋒沒有成為過我的榜樣，張海迪也沒有。小學的時候專門買了一本《雷鋒日記》來看，也沒有什麼感動。小學老師說我是張海迪，我一下子就跳了起來：我是余秀華，我不是張海迪。我說不清楚這天然的抵抗從何而來，只是隱隱覺得：我不可能做到他們的事情，我的生命歷程不可能和他們一樣。

在不同的場合裡見過不同的殘疾人，他們的家人會對我說：余秀華，在那麼艱難的環境裡，你是怎麼堅持到現在的，那你能給他們一些建議嗎？

我老老實實地回答：我沒有。

我的的確確沒有。且不說我能有今天是一種偶然，當然這偶然裡也離不開我的努力，這裡就有了一個詞：努力！努力是一種生活態度，與榜樣沒有什麼關係。避開偶然不說，哪怕是一種必然，甚至有跡可循，但是依然無法給任何別的什麼人提示和建議。

每一個生命都是不可複製的。一個生命是無法成為另一個生命的榜樣的。我相信能夠影響別人的只是一個人的生活態度：而生活態度能夠有效地左右自己，需要長期的磨煉和反覆對自己的提醒。這是一個內修的過程，沒有一個榜樣能夠影響你。

我不相信榜樣的力量，我也不希望成為別人的榜樣。我不知道有沒有希望自己成為榜樣的，但是一個人如果成了榜樣，他本身就是可悲和可疑的了。你的人生被別人複製了，這是多麼可怕的一件事情。

其實更多的時候，我們在具體的苦難面前是無能為力的，生活具體到日常的許多細節，榜樣就會退得遠遠的。榜樣總是有一些詩情畫意的感覺，而生活是實實在在的水深火熱。我們有時候甚至不知道拿自己怎麼辦，又怎麼可能去影響別人？

我們需要榜樣，是因為我們在遭遇痛苦的時候不知道怎麼辦，我們找不到一個有效的途徑，所以需要一個參照。而終於找到一個似是而非的參照，會發現這個參照也行不通啊。

我會告訴他們：多讀書。閱讀是有力量的，它會讓人的心真正沉靜下來。只有心靈沉靜了，才會感受到真正的喜悅。無論多麼不堪的身體和生命，我們都是世界上獨一無二的。這獨一無二就已經值得萬分珍惜了，何必祈求更多呢。

我不知道這些是不是強詞奪理了，幸運的是我不是誰的榜樣，可以胡說八道。

4

第四個詞：目的。

到最後，會發現人生是一個過程，而不是一個目的。如果人生真有目的，那會是怎樣一個目的呢？生命的終結是死亡，這與人生是沒有什麼關係的。生活的過程裡，會有大大小小許多目的，唯獨人生是沒有目的的。

也許正是因為人生沒有目的，所以我們常常感到生命的虛無，除了生命的本身，再沒有其他的東西可以真正進入我們的生命，無論怎麼努力，好像所有的力都使在空處，找不到一個著力點。這是多麼可怕的一件事情。但是誰也不知道生命之後的死亡是什麼，是不是面對相同的或者更大的虛無，所以我們只能夠苟且於世。

人生不是一個目的，我們為什麼還要活著，還要計較說不清的榮辱得失，我想，這大概是在無聊的人生裡對抗虛無的一個遊戲。有時候我感覺生無可戀，恨不能立刻死去，但是轉念一想：死是注定的，一個人不用那麼著急，哪怕名利盡毀，我們還有生命和自己遊戲。

於是所有的問題在無法解決的時候得到了解決。人生不是一個目的，所以我們可以活得輕鬆一點了，我們常說：人就應該活得飛揚跋扈，但是真正能做到飛揚跋扈的確非常難，社會畢竟有它的次序，而這次序必然或多或少地制約著我們，一個人不可能完全脫離他的社會屬性。

我以為生活的目的就是生活的本身，如同愛就是愛的本身一樣。沒有無緣無故的恨，但是一定有無緣無故的愛。沒有目的的東西大多數都是美好的東西，因為它是純粹的，純粹是快樂的根本。於是我想到現在的文明帶給人的是便捷，帶給人心靈和精神的是損傷。

詩歌的書寫也是一樣的：有目的的書寫一定是可疑的。我感覺寫作的本身不能成為寫作的目的。我寫詩只是因為我喜歡它，而這喜歡正是寫作的目的。為什麼寫作？喜歡是唯一的理由。喜歡的本身就是目的了。詩歌是把想說的話說出去，而生活不過是把想過的日子過下去而已。

人生沒有目的，但是人卻可以有許許多多的小目的：比如寫完一份稿子，比如去看看風景。這些小小的目的總是讓人身心愉悅，但是它們還是為沒有目的的人生服務的。就是所有有效的行為都是為無效的人生服務的，這真是一件不可思議的事情。但是所有不可思議的事情總是存在高度隱祕的合理性。

所以我愛死了這說不清道不明的一生。我愛著人生裡湧現的驕傲和低處的迷霧。我感謝我自己卑微而鮮活地存在。

也說死亡

說到死亡這件事情，我就無法自欺地心虛。年少的時候覺得它是一件遙遠的事情，而且與自己沒有關係，哪怕身邊的人死了，也不會聯想到自己：那時候真不識愁，所以愁就不是愁了。現在年紀大了，才感覺死亡就在身邊，而且如影隨形，哪怕一道門檻也可能是一個死亡的暗語。即便如此，我對死亡的事情依舊一知半解，哪怕自己也經歷過死亡的事情。

幾年前的一個深夜，我突然醒來，突然被一種深深的恐懼抓在手裡，無法掙脫：死亡如一個面帶微笑而非常陰冷的中年男人坐在我床邊。他告訴我：如果你死了，一切就不存在了，世界上你曾經留下的不多的資訊一會兒就消失殆盡，之後將不會有任何人記得你。就算有一點微薄的懷戀，也是懷戀者一點自娛的精神自慰，與你與他從來就沒有什麼關係。

這是我四十年的生命歷程裡唯一一次對死亡如此深刻的恐懼，以致許多年後還記得那個深夜的恐懼和絕望。後來我反反覆覆對當時的恐懼加以分析和判斷，才知道不過是死亡的恐懼突然而至的一種驚訝，根本不是對死亡本身的恐懼。因為死亡是一件未知的事情，我們都不知道死了以後會有什麼發生，所以才會惴惴不安。如同愛情到來一樣，如同結婚一樣，我記得當時我對婚姻的恐懼並不小於對死亡的恐懼，唯一不同的是，我們可以擺脫婚姻，但是無法擺脫死亡。

但是世界上唯一公平的事情卻也只有死亡。也許死亡之後不公平的事情還會繼續，但是無法改變的是死亡的本身是公平的。因為死亡是公平的，所以我們才有信心在這個世界上苟活，活得憤憤不平的時候還可以罵一句：別看你個狗日的現在得意，到時候和老子一樣，死了也是一堆灰。

因為死亡的時間漫長，所以我們要活得盡興。但是這從來就不是一件容易的事情。我們一出生就在一個陳舊的世界上，許多遊戲規則要遵守，否則就會被踢出局。

怎樣活著永遠是活著的課題，人們無所事事的時候會想一想，想不明白的時候就放一邊，等無所事事的時候再想一想，所以一輩子過去了，在死亡這件事上還是淺嘗輒止。當然最好也就是淺嘗輒止了，否則一骨碌跌進去，就爬不起來了。

近來網上瘋傳的是一個十八歲的高中生，還是個研究歷史的天才，因為一眼望透了以後幾十年的日子而自殺了，網上歎息一片。這些年裡，我對死亡的免疫力無端提高，沒有任何人的死亡能夠真正打動我，讓我能長久一點地為他悲傷，何況是一個與自己毫無關係的人。我不知道那些樂於為不相關的人的死亡哀悼的人懷著怎樣的心腸，他們的憐憫永遠如此氾濫嗎？微信上會有這樣的心態：別人轉載了他的死亡，如果我不轉，似乎我沒有同情心，似乎我對一個天才的消失無動於衷，於是上升到道德範疇——你這個人道德敗壞！

且不說道德敗壞是哪些人的判斷，也不說他們是不是有資格進行這樣的判斷，反正道德一直在那兒，別人怎麼玩是別人的事情。我唯一想知道的事情是這樣的同情心在死亡面前有什麼用：誰該死誰不該死？誰應該自殺誰不應該自殺？生命如同上帝給一個人買了一部手機，你愛惜著用，可以用許多年。你有摔東西的習慣，摔碎了，就沒有了。上帝也不富裕，沒有錢給你買第二部。

十八歲的高中生自以為把這部手機摸得透透的了，也看出了沒有再多一點的功能，於是感到「沒意思」了，於是經過「深思熟慮」把這部手機給砸了，至死的，還是一部嶄新的手機，那些已經把自己的手機用得破舊不堪的人看了真正心疼啊。

年輕的時候我也想過：要麼活得有意義，這個意義就是不斷給自己新的東西；要麼死去，反正人遲早是要死的。後來我覺得這個想法完全錯誤：意義不是我們想像的樣子，價值也不是我們自以為是的那樣。活是整個宇宙最寬泛的東西，我們的所謂意義和價值充其量就是一條直線，把另外的風景都棄置一邊了，這是很可惜的一件事情。

十八歲的高中生把生命的價值和意義都粗暴地簡單化了。上天給了一個人某一方面的才能已經是額外的恩賜了，他不一定希望你的才能為人間做貢獻，因為人間怎麼發展是上帝的事情。他之所以把一種才能給你，是上帝的的確確喜歡你這個人，他怕你在漫長而庸俗的日子裡覺得枯燥。

而其他的大部分人必須過的是漫長的沒有意義的枯燥的日子，這個沒有選擇。有的人會成功，但是成功是短時間之內的一個事件，成功之前和之後同樣是枯燥而漫長的日子。這是我們必須忍受的。我覺得一個人的成功除了事業的成功以外，更持久和更入心的成功是在庸俗的日子裡尋找到快樂。這個快樂點燃會很簡單：你種過一棵植物嗎？你看過它發芽、生長、開花、結果的整個過程麼？

於是我想到這個高中生之所以對生命感到厭倦，是不是因為整天處在「人」這一單一的物種裡，而世界那麼大，他來不及去看看。其實許多事情，包括整個歷史系統也可以用一兩句粗糙的話一言以蔽之，然後就無話可說了。其實這只是看見了生命的橫向性，沒有看清楚生命的縱向性。比如一部手機，是的，它的功能不用幾天就可以摸得清清楚楚，但是摸清楚以後不等於完全地利用，就算完全地利用以後也還會更新。比如我的手機，我首先會下載一個好用的電子書閱讀器，光這一項，就足夠我玩好多年了。

我不看輕那些自殺的人，我就希望他們自殺未遂。如果真正經歷了死亡，人生境界真的會很不一樣。它雖然不能消除對死亡的迷信和誘惑，但是可以活得從容一些：奶奶的，我就要和這庸俗的沒有意義的生活死磕到底！

史鐵生說：不要急，死亡一直在等著你。好像死亡是一個你非常討厭的結婚對象。那麼好吧，既然必須和這個無聊的傢伙結婚，我一定要把我的忠貞，我的熱情，我的好奇心，我的愛浪費在這個世界上，把一副空殼留給它。

貳

人生遼闊值得輕言細語

秋日小語

1

其實生命的歷程讓時間清晰起來，應該加一個時間的前綴：二〇一五年的秋天。於生命的本質而言，一些過往並沒有起到實質性的改變，但是一些印記還是不深不淺地留下來了，一個熱衷責備命運安排的人心裡也會藏著同等的感激。不然這樣的責備積聚到一定時候，會讓人忘記生命原始的好意，自己更加不知道來處和去向。

這個上午，美好的東西恰如其分地打開：陽光照到屋脊再照到院子裡是乾淨的；小麻雀和喜鵲就站在低矮的房簷裡，有一聲沒一聲地叫喚，慵懶得讓人對這一個地域和這個地域上方的天空放心。如果沒有屋外機器的轟鳴，時間就平整得沒有一點裂痕，如同人的初始和終極。時間和愛情一樣虛幻，你感覺到它的存在的時候，它才是存在的。那麼人的衰老和時間就沒有關係了？人的存在不過是借助了時間完成了生命以外的一些事情？

到了秋天，很自然就感覺到生命的體內有一顆小小的核，人也有如果實的沉重，從樹枝上經過長久的風，下滑到泥土裡。這樣的感覺讓我安心，讓我對泥濘的春天消除了敵意。雖然有的果實皺巴巴的不成熟，但有果實的願望和經過，也就沒有少去根本的東西了。

那些來不及走到秋天就已經消失的人是不幸的。他們以為該來的都來了，再過百年不過如此，其實是不對的：沒有在秋天的某個時間裡安靜得比一滴水更潔白，如何能體會到曾經的日子設下的伏筆？

一年裡最好的日子就是秋天，是莊稼收割的時候和收割以後長久的寂寞和安寧。「請保持安詳的神態，像終生隱匿的另外一個人。」我始終相信，會有一個時間，一個場景，讓一個人心平氣和地保持長久的安詳。

2

隨著天氣而變化的情緒也是合乎情理的情緒。陽光裡，許多事情被淡化，雖然淡化得多少有些刻意，但是能滿足一天平安有序的生活，也是很好的了。

木心說：一個人的心裡有了愛，他的一生就會被弄得半死不活。我會心一笑，看來在世間被愛弄得半死不活的人不只我一個了，於是試圖原諒自己，原諒愛情的本身。如果愛情都是可以原諒的，那其他的東西就不在話下了。

那麼愛情的本身是從原諒開始的？我又輕笑。有時候愛上一個人感覺是在犯罪，因為諸多的不可能，讓你無效地付出。但是恰恰是這樣無效的付出讓人欲罷不能。生活的一端是厚重的銅牆鐵壁，我總想用另外一端的虛無和清爽把它挑起來，往往太輕了，我就把我的痛苦和眼淚一股腦地加進去，愛情總有不顧回頭路的堅決。

而另外一個人，他滿當當的生活裡，怎麼能融進一個說著方言的異鄉人？我想我為什麼一定得融進他？我難道可以以一己之力造一艘開往南極的破冰船？愛情的無能為力在讓人心碎哀傷以外，就是讓你更厚待自己和庸常的日子。所以某一個秋天裡，我一定能站出深於一棵樹的沉靜。

3

時間雜亂無章，不知道怎麼用。有時候許多可能最後不過變成一種不可能，許多縫隙都想讓人鑽進去，而又沒有耐心，片刻就出來了。總希望在一個縫隙裡看到從來沒有見過的祕密，結果自己沒有足夠的智慧辨別下一個拐彎的地方。但是好在它足夠寧靜，不會因為你的唐突而改變。

但是這樣的寧靜還是外界的，外界的寧靜來影響自己需要足夠長的時間，如同陽光如何穿過皮膚、血肉抵達骨頭？當一切雜亂得找不到次序，除了閱讀，沒有更便捷的途徑了。不管什麼樣的書，能夠入眼入心的便是好的，人會在書裡找到丟失的自己，就如同在一個縫隙裡感覺到春天的氣息。

想起在廣州圖書館，浩蕩的書群，感歎一輩子讀完其中的十分之一也是一件過於偉大的事情。人讀書除了繼承，更重要的是讓自己快樂。閱讀產生的力量大於其他的力量，這力量把懸空的人接下來，在地面上行走。而只有在地面上的行走才是真正的行走。當我心緒煩亂的時候，任何途徑都是無法解決的，除了讀書。

陽光好的時候，讀詩，讀史，讀雜文都讓人安詳。安詳的心境就接近了幸福。莊子說：「人莫鑒於流水，鑒於止水。」人的品格展現於流水間而提升於止水裡吧。人生沒有被浪費的時間，除了閱讀就是思考，而這以外，就是身體力行地活著。

4

媽媽問我：你最近還出去嗎？我說不了。她的神色裡有一點落寞，好像我不出去就是被什麼人忘記了似的。我卻不以為然。一個人不是靠別人記住才活著的，他們的記憶與我沒有實際上的關係，而且我在偶然間被人們知道，我至今弄不清楚我帶給他們的好處是什麼，所以被忘記是一件情理之中的事情。

秋天裡的人只屬於秋天，不會屬於秋天以外的事物。人的生命是脆弱的，人的記憶不知道又比生命脆弱多少倍呢，要求別人記住你是一件過於無聊的事情。而且我的秋天是在鄉村，這觸手可摸的真實比任何記憶都好。

當然有時候悲傷，心會落上一層薄薄的霜，這是秋天必要的事物，如同人必要的悲傷。一個不會悲傷的人是把自己關閉了，世界的氣息再也無法進入她的身體和心裡去，這樣沒有疼痛的存在和不存在是一樣的。但是人為什麼一定要感受到自己的存在呢，如果我們放棄感覺快樂的需要。人為什麼一定要快樂才有意義呢？我想不明白。

只有愛情的悲傷婉轉綿長。有時候，一個結果影影綽綽地在面前扭動，當你走過去的時候，卻發現這個結果根本不是結果，人生是一個迷局套著另外一個迷局，是一個幻景連接了另外一個幻景，我們活得很實在的時候，別人看來，也許是虛幻的。

5

心裡薄薄的冷是輕於萬物衰敗的，而萬物衰敗的溫暖卻讓生命香醇起來。月季花就不再開了，我更喜歡它沒有開放的時候。喜歡它低低的哀戚和憂傷。我喜歡人世裡千帆過盡的疲倦，勝過相遇之前的欣喜和期待。花有期，它是善於等待的植物，它的花沒有凋謝，只是藏在某處等它輕輕召喚。

枯萎得最踏實的是野草，它們各有各的名字，但是枯萎以後，就沒有必要一一辨認，如同悲傷都有悲傷的通性。枯萎是一種徹底的順從，布滿迷人的光暈。它們叫風輕輕一推，就匍匐下去了，和愛情有著相同的姿態。愛情的本質是枯萎，我們試圖走近，試圖在這樣的枯萎之上觸摸天空的蔚藍。

所以，沒有人會對生命的輪迴產生懷疑，這是季節饋贈給人的信仰。人其實是有信仰的，對大自然的信仰似乎從來就沒有丟棄過。所以我有對秋天的迷戀，在秋天裡的從容。我喜歡秋天一望無際的枯草，彷彿是對生命最深的禮讚。

這個時候已經沒有懸在樹枝上的葉片了，它們在風裡打著漩渦下滑的樣子卻一直亙綿在樹的周圍。如同我死去的奶奶，她曾經在塵世的位置只有她本人可以占取和回來，沒有任何人可以取代她的位置，沒有一片樹葉可以取代另一片樹葉，這也是大自然的從容和慈悲。我們在秋天裡有著前所未有的深情厚誼。

流水淺了。可以看見水底的石頭，石頭上的青苔，青苔之間若有若無的雲朵的倒影。秋天的淡雲啊，如同沒有辦法說出的心事，疼也一痕，醉也一痕。

6

夜晚，容易想起一個人，從一件事情一個場景不停地蔓延開去。如同野菊花雜亂無章跑得漫山遍野都是，但是無法進入他的城市，彷彿剛到了那裡，風就及時地回了頭，不會給一點兒的消息給他，只讓我的憂傷如同夜色深沉。

想著忙碌的人對秋天不能觸摸那麼多，心有憐惜。「分取秋色」縱然十分願意，但還是有一點矯情，愛在心裡沸騰，卻是無法說出口的咒語。秋天裡的愛多重啊，端得累，不端就會碎。我們在這端與碎之間保持平衡，也算是一種從容。

下午：二〇一五年九月十二日

看了一會兒詩，就無味了。一個陌生得可能下輩子都不會遇見的女人極有耐心地把一個日子拆開成短句子，彷彿一天的日子不配長的。但是這份耐心可敬，如我這般粗糙的人總是把一個個日子囫圇吞棗，吐一個核出來也是不容易的。

院子裡西角散漫著不多的樹葉，也沒有細看是從什麼樹上掉下來的。捲曲的模樣好看：觸地的是身體裡的一個角或者一小部分，無辜又天真。落葉是讓我相信秋天的一個證據，輕薄但是可靠。所以到了下午，我依然讓它們安心地待在那裡。

能夠投進窗戶的陽光有一塊手帕那麼大，不大一會兒就小去了一點，被摺起來似的。在這塊危險著消逝的明豔上的是窗簾的影子，風裡一搖一搖的，但是這晃動的影子是牢靠的，沒有掉下去的危險。只是這窗簾足夠二十年了，早舊了，我從來沒有扯過它，怕一扯就碎成塵了。

屋子裡亂七八糟的：衣服、書籍、桌椅……一副永遠也找不準自己的位置的樣子。我半生如此散漫，從不精心於房間的整理。與忙不忙的沒有任何關係，大概心思落不下來。所以有時候我找一件衣服是很費勁的事情，幸虧衣服不多。而我對衣服沒有要求的，摸到哪件穿哪件。如果想把一件衣服穿爛而扔掉實在是一件困難的事情。扔掉一個人比扔掉一件衣服容易得多。

那一塊小手帕似的陽光終於看不見了，時間從一塊明亮進入到薄薄的陰影，這陰影輕車熟路地鋪滿了整個房間，我鬆弛了一點，彷彿時間是壓在身上的山，而又卸下了一小塊石頭。人身上的物質都是時間的物質，身上的情緒也是時間的情緒，可以與它為敵，無法與它較勁。這個時刻應該閉上眼睛，不讓盛大的虛空成為悲哀，形成誘惑。

這個時刻，我不具備任何意義。當然任何時候我都是不具備意義的，人生的悲哀就在於它沒有意義的存在，同樣人生的幸福也在於此。於是我們可以死皮賴臉地活得興高采烈。只是我此刻的沒有意義更純粹一點，所以才能被我模模糊糊地看見，我看見了，我又新生出另外的毫無意義，這些疊加在一起讓我安心了。

喜鵲在門邊的樹梢上叫著，熱鬧得很。不知道牠們的天空裡有了喜事還是悲事，這略略高於人間的事情我是無力參透的。牠們能落在人間叫得讓人聽見就是一件喜悅的事情了。想起那年冬天，下雪以後，屋後的大柳樹上落滿了喜鵲，像掛著一個個黑透了的果實，還不停地飛過來，落上去。

我和奶奶在前屋燒火烤，奶奶時不時撥弄一下，火苗子就往上躥一下，好像被打著了腳的孩子。奶奶盯著火苗，長時間沒有話說，或者她已經想不起來說什麼了。她齊耳的頭髮梳得平平整整的，稀薄而黃的頭髮越來越少了，人老了，頭髮也懶得長了。

喜鵲越來越多，事物變化得讓人想說話了。我拉了奶奶的衣服，用手指著屋後，她看了一會兒，驚歎道：啊，怎麼這麼多喜鵲，牠們來幹嗎，是來開會嗎？

我笑了起來。她的耳朵聾了，聽不見我說話，更不會聽見喜鵲的叫聲，但是她說牠們在開會。於是她的話多了起來：看看，又來了一隻；看看，有兩隻掉下去了，打架去了。我本想說人家滾下去做愛什麼的，知道她聽不見，也就忍住不說了。

奶奶不在了，她的房間已經完全沒有了當初的樣子，父親一個人在家裡餵雞的時候，把小雞趕到她房裡去了，如今，那房子裡全是雞糞，想來奶奶也不願意再回那個房間的。陰陽兩隔，不知道她現在在哪裡，我都不夢見她了，但是她的模樣我是永遠忘不了的，每想及此，內心就有更大的空洞，生命來不及看穿，但這樣被戳穿了。

現在，夕陽完全退出了院子。但是門口香樟樹的樹梢上還有一截黃翠翠的金色。風裡，樹葉摩挲出響亮的聲音，一片片葉子把那光反射得沒有次序，一副肆意揮霍的樣子。一棵樹比一個人活得驕傲得多，它甚至是飛揚跋扈的。生命的對比裡，不是走的路多才看得更透，它最終取決於與大地的交融和互相的理解。而人，最終也會以這樣的方式自我肯定，只是人間的彎路太多，又不好意思不去走走。

喜鵲的叫聲帶著水響亮的部分。把一個下午的靜謐劃出許多條印子，如一個孩子用綠色的彩筆在深藍色的黑板上畫出的短暫弧線。它用不著絢麗，足夠你內心喜悅和信任就可以了。我們存在的幸福還來自於我們自以為是的先入為主，好像人間先有了我們，然後才匹配花草樹木，鳥語蟲鳴是我們說不清楚的事情，因為說不清楚，所以歧義叢生，而我們在這些歧義裡選取讓自己心悅的含義，對錯無關緊要。

這個時候就應該出去走走了。肯定是聽到了一棵野草，一棵野梨樹隱約的呼喊。它們的呼喊細膩、神祕，所以不會直接穿過人的耳朵。這個時候我總是對我生活的地方充滿了感激，生活一定預先知道我喜歡什麼，所以就把這些都安排在我身邊，它們毫無保留地讓我看到，把一些微小的喜悅都掛在枝頭讓我去採，它們豐盈，飽滿而富足，根本不會擔心我會漏掉一些，它們會一直在那裡微光閃爍。

它們有自己的內心次序，不一定要人明白，但希望人能尊重。我喜歡那些把腰彎到路中間的茅草，這樣的信任讓我心懷喜悅，我把手放在它們的身上，一路摸過去，它們搖擺但不戰慄。秋天裡，植物都是向下的，人老了，也就情不自禁地彎下身體，生活裡的許多事情只教給了人一個道理：謙卑。成熟的穀物都低頭面對大地，成熟的野草同樣如此。我們用一輩子只學會兩個字：敬重！因為敬，人才有了分量，才會被尊，因此而重。

黃昏永遠是一層溫柔的暖色，明亮卻不聲張，如同一份美好而乾淨的愛情。更如同一個女人四十歲的年齡，有酒的醇香但無醉人的詭計，讓人無端信任。每一天都有這樣的安排，生命如謎，看似猜破，但你猜出的永遠不是答案本身。雲從西邊的天上一條條往東扯過去，彷彿一根根已經絞好的棉花，它們神奇地整齊劃一，雲條之間是天空，藍得使人疑心的天空，如果雲皺起來，它也會皺起來的。

電線上落著兩隻喜鵲：很肥大，彷彿天空把牠們養得很好。白色的肚皮很醒目，好像說不出來卻存在了多時的謊言。但是牠們讓整個田野美了起來。牠們長久地靜止，被天空和天空下的雲嚇傻。但是牠們的靜止也是一種動態。有生命的東西包含了永恆的動態，不需要證明，我們一眼看過去就知道它的原因。

有時候你會覺得一個村莊很不好，但是有許多鳥雀在田野裡起起落落，你就會情不自禁地相信了這個村莊。因為鳥是天空下不會出錯的生物，牠落腳的地方肯定是好地方。雖然鳥對大地的信任是沒有原則的，牠也不需要什麼原則，牠的飛翔就是生命的原則。鳥兒飛旋，大地平安，不會有非常的事情讓人提心吊膽，貧窮一點就貧窮一點吧，但是這個時候的生命給人的是無條件的信任，沒有比這信任更讓人內心喜悅。

從對面的坡上看過來，我的家被淹沒在樹木和雜草中間，醒目的紅色屋頂總有一份含蓄的喜慶：人生固然有太多哀愁，但是能夠來到人間本身就是喜慶之事，更重要的是人間這麼大，你想怎麼感受都極盡自由。大地給人的自由如同夏天的峰巒層層疊疊，往往是人自己限制了自己，而延伸到限制別人，這是人類的狹隘和無能。

生命如果是從狹隘走向寬闊的過程，那麼這樣的生命必然受到敬仰。

風過來，水渠裡的蘆葦一漾一漾的，許多細小的事物也跟著一漾一漾，彷彿追逐著剛剛從身上掉下去又陰暗了一點的光芒。我停下來，感覺身體裡的微光也一點一點散開在風裡，但是我知道它們在某一個時間裡會回來。

竹節草

我們那裡的人都叫它「斷竹青」，我也更喜歡這個名字，這個名字更樸素也更形象，生活的經驗會直接指向事物的本質，不管動物、植物，還是事情。竹節草是一種野草，夏季崔嵬地混跡在莊稼之間，一般水稻地裡是不會長的，它是在棉花、花生、玉米這些旱田作物之間。

它根本不忌諱自己是野草。當然它出來就不是什麼野草，只是人要種莊稼，它在分別之心裡才成為了「野」的，我想即使它知道自己在這樣的分別心裡，也不會有自卑。一棵野草，它也許比我們更能看到神的存在，神因為它而歡喜，所以它也是喜悅的。《聖經》說：看那田野的百合花，也不種也不收，天父尚且養活它！

神的出現，讓一切的存在都是自然，因為少了區別之心。而命運利益才沒有區別，只有利益區別一切，有區別就有不平等，有不平等就有掙扎和鬥爭，而神似乎一直原諒著這些掙扎和鬥爭，因為它沒有人的孤獨、寂寞和焦慮。如果人都有了和平之心，就不會去爭什麼了，但是也會因此無趣。所以當有人嫉妒你，和你爭搶什麼的時候，請憐憫他們。

天真爛漫的植物總是有蓬勃的生命力。它們根本不需要任何安排，就知道被生出來就要拚命生長，這是天性，不需要任何理由。它們心無旁騖，除了長得更繁茂，更不可一世以外，沒有別的使命了。而莊稼，這些因為有了人工培育的基因，剔除了一些東西，這些被剔除掉了野性讓它在大自然的環境裡就略遜一籌了。它們失去了一些與自然鬥爭的性格，一門心思地想著開花結果了，所以欲速則不達，它們總是被腳邊的野草絆住了腳步。只有自然的事物才能找到最近的通道達到生命的結果，而其他的因為要求更多的收益，就需要更多的付出，這很自然，也很公平。

竹節草在整個野草裡，是異常頑強的，是那種不管不顧，有一點點希望就撲上去的傢伙。我們鋤草的時候，父母會反覆交代：哪塊地有斷竹青，要特別仔細，不然隔不了幾天，它就又綠油油一片了。但是我們顯然鬥不過一種野草，一不留神，一個微弱的根鬚落在地裡了，露水一冒，它就長出了翠綠的小腦袋，讓你洩氣和沮喪。但是它就不管你的洩氣和沮喪，歡歡喜喜地出來了，好像沒有經歷過被剷除的痛苦一樣，又歡歡喜喜地長開了。

有多頑強的生命就有多純粹的驕傲。所有的驕傲從來不會憑空產生，它有根基有底氣，有對自己的了解也有對土地的信任。這樣的驕傲就是不動聲色的行動：它蔑視你氣急敗壞地斬根除草，但是你摸不清楚它的根在哪裡，它是把根藏在心裡的，哪有那麼容易找到？這樣的驕傲也是坦誠：你鏟吧，我沒有怨言，因為你根本無法剝奪我生長的權利。也許正因為這樣的坦誠和寬容，它才會在世界上生生不息。

而且它永遠那麼青翠。也許在莊稼地裡有肥滋養的原因，我看見的竹節草從來都是綠油油的沒有任何枯黃之意，人見了也會心生歡喜。一棵野草之所以成為野草，不過是因為它一不小心生錯了地方，它的存在妨礙了另外的作物，這是無心，也許是順應了安排：生命永久的輪迴，不過是多死幾次罷了。而死，不過是必經的迴圈之道。如果一棵竹節草長在花盆甚至不妨礙莊稼的田埂上，它就是特別惹人疼愛的一簇風景了，所以似乎這樣的分別心僅僅縮小到莊稼地裡了，這麼一想，心裡就會少了許多羞愧。

雖然我必須從莊稼地裡把它拔出來，雖然我從來不覺得我做錯了什麼。如果我說我不應該，那我就矯情得噁心人了。自然從另一個方面講，也是遵從已有的生活次序。雖然我們在某一個地域是敵人，但是我喜歡它，喜歡它每一次長起來的色彩，沒有一點哀怨，沒有一聲哀歎。生命來了，喜悅都來不及，不想把時間浪費在歎息裡。而我，有如它一般珍愛過生命嗎？沒有，我沒有！

但是生命如禪，它給我們的啟示也許沒有那麼直接，但是它一定給予出來了，因為這也是跟隨生命一起到來的自然之道。道就是道路，所有的事物都是遵循道路而來的，大道無形，我們看不見的正賦予了生命的廣闊。在這樣的啟示裡，一切疑問會在不停到來的日子裡慢慢消散，無聲無息會是所有問題最後的答案。我覺得沒有比這更好的方式，沒有比這更高明的智慧。一棵野草，除了不要命地生長，除了在巨大的創傷之後還能歡喜如常地拱出地面，沒有比這更高的生命禮讚。

我們民族的文明和文化裡，有一個詞：草民！就是如蔓草一樣匍匐在土地上如螻蟻一樣生存和生活的老百姓。這個詞粗粗看起來似乎含有某個階層的鄙夷。幸運的是：鄙夷只會傷害鄙夷者本身，讓他們的判斷產生誤會。依舊歡喜的卻還是匍匐在大地上的人們。他們一絲不苟，認真竭力地過著每一天。人說這樣的日子是小日子，但是日子均攤出去，無論誰的日子都不會大一些。

而正是這些隨時可能損傷，隨時可能被踐踏的人們才撐住了歷史的天空，才寬容了歷史的劇變和劇痛，才讓一個國家一個民族的文化和文明的基因滲透到泥土裡得以保存。但是一個老百姓不會想到這些，他總是為生活發愁，總是期待好一點的日子，雖然這樣的日子經久不曾到來。一棵野草也不會想到它骨頭裡的春天，不會計算它帶給一個春天的意義，它就是要綠，除了綠，它沒有別的使命，也沒有別的心願。

竹節草旺盛的生命力讓人厭煩，它永遠攢著一股勁：我是打不死的，我有取之不盡的綠。我要對得起我這樣的綠。所以我們鋤草的速度根本趕不上它重生的速度，人就是會敗給一棵草，還沒有狡辯的機會。父親最後總是要借助農藥才能讓它老實一點。但是一般的農藥它也不會放在眼裡，除非一種叫「百草枯」的農藥。這是農藥裡最厲害的一種，所到之處，毀滅得一乾二淨，需要幾年才能恢復原來的生態。而人如果喝了它，只有死，因為沒有解藥。

竹節草只有在這一種農藥裡才會結束自己的生命，但是如果稍微有一點遺漏，它就又出其不意地長了出來。多麼可怕的生命啊。我站在它的面前總是感到羞愧，我們離死亡還那麼遠，卻已經把生折騰得不像樣子。李白說：天生我材必有用。我覺得活著已經是最有用的部分了。你的存在本身就是一個傳承，那些微弱的思想的光芒一定不經意地照亮過身邊的人。

從四片葉子到十四片

在鄉村裡的人，實在不好辨別和植物之間的關係：這種先天的血緣，就像你說不出來父母和兒女的關係，想來，城市裡的人和霓虹之間的關係不會超過繼父繼母和子女的關係，他們需小心翼翼地維護，遇見停電或者天災什麼的，這關係破碎得和建立起來差不多快。但是鄉村裡的植物和人，無論經歷什麼，總是能水乳交融在一起，這是原生的關係。我們在萬千植物中間劈開一小塊空地，建一所遮風避雨的房子，房子建好以後，周圍的植物很快就會圍上來，好心地探問。它們不懂得人需要怎樣的隱私，而人的隱私大部分也在植物裡找到了一個交託。

在這個地球上，人是最後到來的。人到來之前，植物已經用了幾億年的時間和這個地球交融：它們深情款款，直到每一處土壤溫柔地接受，讓它們把根系慢慢滲透到地底下，這是一個漫長的過程，漫長的愛和疼惜。慢慢地，第一個動物出現了，越來越多，直到人的到來。直到社會系統的完成，自然鄉村的形成；直到一個叫橫店的村莊在湖北中部的一塊地方豎立起自己的牌坊，區分出自己的方言，擁有了自己的姓氏，開墾出自己的稻田。歷史在急遽推進，一些靈魂慌不擇路地來到這個時間段：他們想要在這個盛世上嬉戲一回，因為盛世過去，更多的靈魂也會跟著沉寂。如果一棵開花的樹，它在雨水充足、養分足夠的時候，就會不停地開花，花期也長。但是到了乾旱的時候，它就不會開花了。因為花朵都已經在枝丫上站過一回了，它們需要休息。想來，靈魂也如此，在盛世裡多出現一次，等盛世過去，就要多休息一個輪迴，這也是衰敗的時代，人也少起來的原因吧。

我也是被我自己猜測的一個：我大概也是逢著這樣的盛世，想上到人間湊一回熱鬧。我大概也是不服輪迴的管束所以就拿殘疾來交換和管束，如此，等我死去，還真是一個不好交差的問題。所以人要對自己負責不是說說而已的事情。比如我現在經歷的磨難，我把它認定為莫須有的罪過，我對自己是個受害者耿耿於懷，我對自己把清明的人際關係弄得如此糟糕耿耿於懷。但是朋友說：這一切都是前世的因果，你就應了吧。她如此說，我真就平靜了許多：如果不是前世因果，他怎麼會千萬里找上門來和我對簿公堂。如果不是前世因果，他怎麼會瘋狗一樣咬住我不放？也許，前世裡，我路過一個地方，偶然冒出的一個詛咒就落到了今生今世。

心煩意亂的時候，我就蹲在一棵植物面前想這些事情。這個時候，一個農人和植物的關係有了微妙的變化。或者說是發現了與植物之間的更深遠的聯繫，這聯繫本來就在那裡，如父母和兒女的關係，在平時裡都是自然的，不需要格外強調的，我們只有在受了委屈的時候才和父母說起，才坐在父母身邊，讓亙古的血液在彼此身上重新流動一回。蹲在一棵植物的面前，我的沉默就成了一隅深海，我又陷在這樣的深海裡根本不想出來。人在世界上可以被任何東西遮蔽，任何一件細小的事物都能夠把人遮蔽到無影無形。我們的飛揚跋扈更多的時候是在給自己壯膽，是虛張聲勢。但是，在任何一株細小的植物面前，人的飛揚跋扈都會消失殆盡，因為你已經在它的面前蹲了下來，矮下了身姿。在家裡，我的一半時間是和幾棵細小的植物虛度了，我從來沒有對它們說過我的委屈。我的委屈和它們新長出來的嫩芽一樣，在微風裡搖蕩，不被外人知道，不被任何人安慰。當然也不需要任何人的安慰，除非我們需要一些似是而非的柔情糊弄著我們把這一段艱苦的日子度過。

這是一棵多肉，我不知道它叫什麼名字，如果是剛剛長出來的葉片，就是粉紅的，下面的葉子就褪去了一些粉紅，變得有一些暗淡了。就隨便給它起一個名字叫幽女吧，其實我應該給它起一個男性一點的名字，想想還是算了。我以為我陽台上的花，無論大小，性別都是女。產生這樣的想法，應該是因為它們都長得斯文，不緊不慢的，如同古時閣樓上的小姐，對時間沒有要求，不過是到了某一個時刻，父母一聲吆喝，她就下樓出嫁去了。我不知道我的前世是不是這個樣子，我覺得特沒勁，也許就因為這樣，我才有了今生的張牙舞爪。所以我希望我養的植物都能夠長出飛揚跋扈的樣子，但是它們都沒有這個意思，讓你乾著急。

幽女是我春節的時候從淘寶上買回來的。（也許多年以後，沒有人知道淘寶是什麼意思，我們對現時現刻周身的文化和文明都有深刻的懷疑。）也忘記一共寄來了幾棵，後來活了幾棵，反正幽女就這樣活了下來。剛剛來的時候，它只有一層葉子——又脆又薄的四片葉子，顫抖著從一個小小的花盆裡站立了起來，開始了一個前程未卜的生長。想來，一棵小小的植物要存活下來，真是需要極大的耐心和運氣，它和一個孩子從來到這個世界上到長大成人一樣艱難，甚至更加危險。沒有誰會為了一棵植物的死亡而傷心欲絕，他們不過就是從花盆裡把它們拔出來，栽上新的植物。新的植物站起來了，舊的傷心就一點點消散；新的植物長出了新的葉子，舊的悲傷就沒有了蛛絲馬跡。幸好幽女燦爛地活了下來，也燦爛地長了起來。

多肉植物是生長緩慢的一種植物，比不得菜園裡的辣椒茄子葫蘆，一夜就能拔出一個節。而越是生長緩慢的植物就越是給人帶來更多的歡喜。大自然就是這樣把恩賜分給了在大地上生長的每一種植物。大自然也把耐心分給了生長緩慢的植物，為了後來的美好。像我這樣的急性子養一棵生長緩慢的植物，真是一種考驗和教育。說不清楚為什麼要養這樣的一棵植物，用任何一個理由都牽強附會，乾脆就說是一次無心之舉吧。農村的人本來就在植物之間，現在又把這遮蔽自己的東西移動了一個位置，讓它在自己的腳邊，讓它脫離自然的雨水而被一個無所事事的人用自來水澆灌起來。好像那些野蠻生長的情意不經過限制和修正就配不上什麼似的。

我的許多時間是蹲在這些低矮的弱小的植物面前度過的，半敞開的很大的陽台把孤獨也一絲一縷地放散開去。說起孤獨，這真是一個難解之謎：艾米麗的孤獨是一種——鉛球一樣的形狀和沉重，穩穩當當地砸進了她生長的地方，時間越久，越像一個祕密的入口，吸引著更多的人去探險，去尋找黃金般的生命支柱。她就像一個外星人在地球上走失，她和誰都不屑為伍。她的孤獨裡也有鉛球一樣的害怕：她怕外界破壞她好不容易建築起來的迷宮，她害怕自己找到了這個出口，出去透透風以後回來帶上一種破壞，她知道自己可以治癒這樣的破壞，但是她覺得沒有必要多此一舉。她的院子裡也有常年開花的月季，有三角梅，有她那個時代的植物和擺設。她必定是用那樣的擺設強化了那樣的孤獨：既然孤獨無法消除，索性就把它做到極致。

我的孤獨是打碎了鉛球的孤獨。是的，一個人已經不顧死活地把它壓在了幾個時代之上，我們也跟著欣賞了幾個時代，歎息了幾個時代。但是沒有完，如同耶穌有用不完的十字架，人間就有用不完的孤獨，這是和人性一起到來的天性。我的孤獨裡有了酒：劣質的，優質的；有了菸，從一塊錢到一百塊錢的；有了聚會，從一個地方到另一個地方，從一群人到另一群人。這些都是把鉛球打碎了的孤獨，是幻影，是迷藥。人群裡，你還不能回頭看，你以為消滅的東西正在烏雲壓日地朝你湧來，一次又一次。

這個時代也是打碎了的一個時代：我們尊崇的東西被碎成一點一點，在一個個夾縫裡像碎玻璃一樣發出尖銳的光角。這些東西從一碎到四，從四碎到十四。和幽女不一樣，幽女是在增長，從四片葉子長到了十四片，這是生命在積累，在喜悅，在愛。它就在這狹窄的陽台上完成了它寬廣的愛，而我，我不是在這個陽台上破碎的，任何一個地方都是我破碎的地方，世界被世界圍攻。所以我注定要蹲在一棵低矮的植物面前，說不清是懺悔，說不清是委屈。而所有的懺悔和委屈在它面前都慚愧地低下頭。

也許更多的時候，我們是在互相慶祝在這個多災多難的時代和命運裡僥倖地活著。

黃昏上眉頭

1

對黃昏特殊地偏愛著，彷彿自己也是一個溫柔微涼之人。這「溫柔」之詞用在我身上，自己都覺得有些可恥。但是不用「溫柔」，卻沒有更合適的詞語更能讓我感覺熨帖。許多詞語被我們用壞了，而我總異想天開地想把這些詞語重新用好。

此刻，能夠叫「黃昏」的時辰又退下去了一些，如同退進大海。再湧上來的浪就是「夜」了。我總是刻意在想像裡把這個時間段拉長一些，如同掰著一朵喇叭花讓它不閉合一樣，我喜歡這個時候的無力和徒勞。我們是時間面前永遠的失敗者，但是有些失敗也讓人感覺舒服。比如此刻。

這是一個含糊的界線：前一刻有明豔的夕光穿過白楊樹，在它的軀體和葉子間亮出細小的聲音；後一刻就是夜：我感覺到這個夜晚有溫柔的部分——有風吹進窗櫺。我以為有風的時辰都是溫柔的時辰。

2

現在是二〇一五年八月二十六日19：24。我打出這個時間，這個時間就已經過去了，有一些細小的東西卻是怎麼也抓不住的。一些東西也不應該被抓住，它告訴我們不能夠貪心。它就是以一刻不停地流逝告訴我們永恆而樸素的道理。

兒子過兩天去學校，此刻他坐在我的床上看電影：電腦裡傳出劈劈啪啪的聲音，一個人變異了的聲音。燈光緩慢地照著，比他成長的速度慢得多。我們在一個個黃昏裡嬉戲打鬧的事情彷彿就在昨天，而他一轉眼就是一個大小夥子了，時間的殘酷和恩惠都在同一個波段裡。

母親在院子裡收玉米，她的咳嗽不停傳來，這是黃昏裡唯一的深淵。我總想把這深淵填得淺一些，但是這比抓住一刻時間更讓人無奈。我們看似好好地活著，但是死別就在腳邊，彷彿一不小心摔倒，就會碰到它。

3

所以八月的黃昏是最好的黃昏：好在有這樣一個幾十年的小院子，好在這個院子裡黃澄澄的玉米籽。在所有的莊稼裡，玉米是最性感的：它的色彩，它的模樣，它的味道都是迷人的。如果我選擇，我會在所有的莊稼裡選擇做一顆玉米，進這樣的院子，曬這樣的太陽，有這樣的黃昏。

在我們這個江漢平原，玉米不是主要作物，它如同一個打游擊的：哪裡有一塊不合適種水稻的地，哪一天一個農民高興了，就漫不經心地把它種在了那裡，收不收，收多少，都是老天爺說了算。但是它不管，有一塊地就可以了，有陽光就不錯；如果風調雨順，那就發瘋地長吧。

所以在土地生下根以後的每一個時辰都是好時辰，所以每一縷照在它身上的陽光都是好陽光，所以每一陣風都讓它歡呼，所以每一次雨都讓它感激。所以現在的它躺在院子裡是如此謙卑、大氣，而高傲。沒有一個人的高傲比得過一棵玉米的高傲，沒有一個人的從容能有一棵莊稼的從容。

4

家裡兩個月前來了一隻小貓，被人遺棄的小東西，黃色的毛髮上沒有了一點光澤，像一根根豎起來的小刺，牠的鼻頭上有一個黑點，如同調皮的孩子畫上去的一樣。開始來的時候，牠沒有了一點力氣，叫聲嘶啞，好像活不下去的樣子。媽媽從醫院回家，煮了泥鰍，人吃肉，貓吃骨頭，慢慢就長出了模樣。現在牠可以自己在椅子上玩耍，叫聲很細，但是不斷啞了。

那天中午吃飯的時候，把醃菜裡炒的玉米粒挑出來扔在地上，牠吃了，這讓我和媽媽都很驚訝。於是又扔了花生米，牠嗅了嗅，走開了。媽媽挑了好多玉米粒放在地上，牠都吃了，真是一隻奇怪的貓。家裡不間斷地養了許多貓，第一次看見貓吃玉米的。

下午，我們在門外剝玉米棒子，不經意看到院子裡來：小貓居然在院子裡挑玉米粒吃。吃熟的玉米也就罷了，牠居然也吃生的。小小的腦袋歪著，很費力氣地嚼著一顆玉米粒，憨態可掬。陽光把屋脊的影子照了下來，牠的半截身子在陽光裡，半截在陰影裡，但是牠沒有顧及這，只一門心思地想把一顆玉米嚼爛。我問媽媽小貓吃過老鼠嗎，媽媽說牠吃過：那天媽媽打了一隻老鼠，扔給牠，牠一下子就撲了上去。

5

等太陽落下去的時候，爸爸就會把玉米收攏，擔心天會下雨。雖然有天氣預報，但是有時候天氣預報也和人一樣不可靠。八月的樹木正蔥鬱著，沒有樹葉落到院子裡，因為屋脊擋著了，連影子也是落不進來的。竹子做成的掃帚掃出溫柔的「嘩嘩」聲，如微風裡的波瀾漫上沙灘的聲音。水的聲音證明海還在，而掃帚掃著玉米的聲音證明父親和生活都還在。

在曬玉米之前的幾個日子，院子裡曬的是花生。我們這個地方什麼都長，所以人們什麼都種，今年媽媽生病以後，地裡的事情就由爸爸一個人做了。拔花生的那幾天，可把他累壞了：沒有雨水浸透的花生地花生怎麼也拔不起來，爸爸只好用鍬挖，一棵一棵地挖，一塊花生地挖了好些日子。

曬花生和曬玉米是一樣的曬法，玉米重一些，滾在地面上的聲音沉悶些；花生曬脫水分以後，花生米和花生殼之間有了縫隙，它們碰撞出的那種聲音不好形容：就是莊稼成熟之後驕傲、滿足又謙卑自重的聲音吧。爸爸收攏它們的時候總是在黃昏：彷彿一棵莊稼不見過幾個院子裡的黃昏就不是主人家的莊稼一樣。我看看爸爸的頭髮，還沒有白的呢，於是我對生活多了一份放心。

6

如果這個時候沒有莊稼之事，也不願在院子裡待著，最好不過走出院子，去田埂上走走。從後門走出去，太陽已經成夕陽了。而且還是個月牙形的夕陽。這個時辰是我以為一天裡最好的時辰：該做的事情都做了，心裡沒有了掛記，正好輕輕鬆鬆地走一走。心情好，就走遠些，我一般走到村頭的水庫，繞一圈再回來，那時候天就黑透了，黃昏就被走完了。心情不好的時候，就在近處看看，這個時候，黃昏就退得慢一點了。

退得更慢一點的是敷在草木上的一些夕光，它們敷衍在那裡，已經不很牢靠了，在風裡搖搖晃晃的，不經意就會落在地面上。在地面上待一會兒就沒有了，沒有一點痕跡。光還是比水偉大一些：水消失的時候，總會留一點濕印兒，而光是不屑於這些拖泥帶水的東西的。它來得乾脆，去得猛烈，幾乎沒有一種事物和它有可比性。

黃昏一定是與這樣的光糾纏在一起的，這個時候的光也是最嫵媚動人的：它柔和，包容，體貼。如同一個人離世時候的迴光返照。「迴光返照」這個詞讓人柔腸寸斷，好像一個人在世界上是以一團光的形式存在的，他要走了，還要回過頭來照一照他曾經待過的這個世界。

我喜歡田野上的這些夕光。成片的零碎的都是那麼美好。當它撫摸過我的頭髮的時候，我就有了一天裡的幸福。這幸福彷彿是從我的身體裡出來，又投影在我的身上了。

7

黃昏是有地域性的。我非常喜歡這樣的地域性。在我的眼裡，黃昏更多的是屬於橫店的了，像一個人的方言不容置疑。一個人被注定的不僅僅是命運，還有許許多多其他的部分：比如你注定在這樣的一個時間裡在某一個地方行走，流連。橫店的方言很輕，如同切開的苦瓜彌散開來的清苦。因為方言很輕，所以橫店的黃昏也就一樣輕了。

首先是蟲鳴。我家今年的土地荒了，沒有種莊稼，小蟲們氾濫起來，比往年不知多了多少倍，黃昏一來，牠們就伸伸翅膀跳了出來，低一聲高一聲地叫，如同找回家園的一種歡唱。是的，牠們找回了失去的家園，我也在牠們的身上找回了童年和故鄉，所以月光如此清澈，所以月光之前的微風蕩漾有致。

我們迷戀野外一些細小的事物：細小的動物，細小的聲音，細小的驕傲和歎息。還有透過一些低矮的植物落在它們身上微小的光芒。有莊稼的時候，我和莊稼是和諧的，沒有莊稼的時候，野生的動物和蟲和我也是和諧的，因為我在橫店，我怎麼樣都是和諧的，因為我就是它的一部分。

8

有一些向內的放逐：背井離鄉似的更接近故鄉；自我遮蔽般的接近真相。而我更願意相信一個人是無法說出自己的真相的，能夠說出來的真相都是偽真相，所以生命裡有連綿不斷的悲苦和這悲苦之上的故事，只有細節沒有結局的故事——我如此，蟲也是如此，映照在我們身上的夕光無聲無息，如同無限悲欣。

我鍾愛的這個時辰把一個世界呈現在我面前，此刻的世界是一種溫柔的性質：山吐風微藍，水吐出的藍稍微淡一些，它們在巨大的交融裡有一些微小的對抗，這迷人的對抗裡呼哨尖刻，但是這樣的尖刻其實抓不住的。抓不住也說不出來，一說就錯。而我偏偏沉迷於這些無法獲得的錯誤。

在田埂上可以走很遠，但是無法走過一棵茅草。你在這裡，它就在這裡；你走到那裡，它已經跑到你前面去了。你仔細看它，它不過就是那個樣子：粗糙的邊，凸出的經絡，好像有巨大的後台支撐著它，而這支撐就是永遠沉默的土地。這土地同樣也是我的後台，讓我死有葬身之地。

9

我在這個時刻似乎是滿的，一天的時間都慢慢流向了這裡，它讓一個小小的人物有了豐盈之感。原來時間也會有有形的流動，而我是一個乾淨的潭，等它慢慢向我流過來。從田埂上回家的人們，他們也是滿的：一天的日子，每一個時間段都用上了，它們在田野裡閃著光，細微的、不動聲色的光。在黃昏的田野上行走的人群的身體的弧度是多麼值得信任。

寫到這裡，我突然覺得我什麼也沒有說出來，我能夠做到的是把自己更深地契進它，我不過是它的一部分，不能全面地看到它，我不過是等著被它安排的一部分，我以我的沉默讚頌它，而我的讚頌是它給我的多出的一部分。

參

有故鄉的人才有春天

我的鄉愁和你不同

我是一個只有家鄉而沒有故鄉的人，這一度是我比那些有鄉愁的人更犯愁的事情。所謂的故鄉是當你離開生你養你的地方以後，回過頭來對你老家的稱呼。但是我從來沒有離開過橫店村，我就無法把橫店喊成故鄉，在那麼多美麗的鄉愁裡，我感覺到自己生命的一種缺失：因為身體的限制甚至剝奪了我有故鄉的機會，一輩子不離開一個地方，我理解為一種能力的缺失，如同我這樣的，無法在既定的命運裡為自己轉一個小小的彎。鄉愁總是能夠打動人心，余光中的〈鄉愁〉更是感染了幾代人。當然余老先生的鄉愁最後變成了民族的，國家的。一個人的愁緒和國家聯繫起來，就成了一個民族的公眾情感。而我們，沒有機會產生這樣的公眾情感，我們的情感不會超過一個村莊的範圍。

但是年紀慢慢大了，我再沒有為不能夠離開家鄉而耿耿於懷了：我怨恨和對抗的不過是我自己，我甚至覺得並不是我的身體限制了我，而是我本身懦弱的性格限制了我自己，我沒有足夠的勇氣和膽識，而生活也沒有給我足夠的壓迫讓我孤注一擲背井離鄉去幹什麼事情。我的父母像溺愛一隻幼鳥一樣把我護在他們的羽翼之下，後來是我的孩子，我希望陪伴我的孩子慢慢長大，我看見許多缺少父母關懷的孩子，他們的孤獨導致了許多問題，我不能因為無法確定的事情而讓我的孩子有所影響。所有的孩子從生下來開始就是一個獨立的個體，如果我的離開讓這個個體產生新的愁緒，同樣是得不償失的事情。凡此種種，我在橫店生了根，怎麼拔都拔不起來的根。

就在前幾年，我還在想，就這樣安安靜靜地過一輩子吧，在生命的長河裡，注定有許多群眾演員甚至被遺忘的人，每個人在自己的角色裡找得到快樂就是贏家了。雖然我不是那麼快樂，人生哪有那麼多興高采烈的時候呢？我平靜而安詳，對生活沒有什麼多餘的期望，我就感覺這是最好的事情了。人生真的如一場戲，你仔細去看，卻發現每個人都演得那麼認真。我想起我們早年玩撲克牌的時候，那時候還不興用錢來打牌的，但是人們同樣玩得認真，費盡心思地算計和思考。命運生怕看透，即使看透一半也是一件不討人喜歡的事情。我想我對鄉愁這個事情也不過看到了一半，我看到那麼多的人到最後總是想著落葉歸根，他們只是在人生裡打了一個轉，最後又回到了最初出發的地方，我對自己的了解是我也不會逃脫這樣的方式，如果我真能夠離開橫店而去什麼地方的話。所以我不過提前過著我在外面想過的日子。

我以為一輩子不會產生鄉愁，因為一輩子就在橫店這片小小的樹葉上。小小的村莊三百多戶人家，那麼多的姓氏在絕大多數的時候各自為政，各自有著各自的生活，其實也是大同小異的生活。在這大同小異的日子裡，人生的落差就變得很小，甚至連經歷的差異也很小，大同小異的日子導致了大同小異的生命和人生，由此而沒有了嫉妒和憎恨，由此而安貧樂道。所謂的安貧樂道是在看上去大多數和自己差不多的生命形態裡找到的平衡。這是一種普遍性的安貧樂道，適合用在中國的小村莊和小村莊的文化裡。

以前，也就在兩三年之前，你隨便走進哪一個農家，首先看到的是掛在屋簷的紅辣椒和包穀，屋簷下有一些鏽跡的鐵犁，開春以後，這犁一下到地裡，上面的鏽跡就會被磨得乾乾淨淨，這犁就會白得灼灼發光。鄉村裡的一些東西有時候是半寐的，這是一種等待的狀態，等到自己的季節，等自己內心的呼喚把自己打開。其實整個鄉村也是如此一種半寐的狀態。半寐並不是沉睡，是眼睛閉著心還醒著，是四季裡萬物的變化無一遺漏地仍然從生命裡經過而且留下痕跡。橫店是一個比較大的自然村，三百多戶差不多兩千人，隨著微微起伏的小丘陵地形零零散散地形成一些幾戶人家居住在一起或者單獨居住的樣貌。平常的時候都是靜悄悄的，各人忙著各人的事情，如果在早晨，比人更熱鬧的是各家各戶屋後竹林子裡面的鳥雀。這裡的喜鵲和鴿子都是成群結隊的，麻雀就別提了。我清楚地記得在一個下午，因為周圍都在施工，喜鵲飛了許多落在我家門前的一棵小白楊上，把它的枝丫全部都壓彎了。

但是這不是一個富裕的村莊。雖然土地很多，但是好的政策實施的時間不長，人們好不容易從沉重的農業稅裡爬出來。那時候交了農業稅幾乎沒有什麼結餘，如果一個家庭種地少了就會入不敷出，但是老實巴交的我的鄉親從來不會覺得這有什麼不合理，他們覺得交不起農業稅是一件丟人的事情——反正我的父母每一年都積極地交了。我和弟弟讀書，他們利用農閒的時候辛辛苦苦賺一點外快：比如在村子裡收了雞蛋到荊門城裡去賣，一個雞蛋賺五分錢，他們十個雞蛋賺的錢在現在到商店裡去買東西幾乎是不屑被找回的零錢。那時候父母歡歡喜喜地賺著這五分錢，日子的富足就是這樣五分錢五分錢積累起來的。到了今天，我自己都說不出來需要多少錢才能累積一點點心裡的富足，一些些對生活沒有要求的自足和快樂。那時候人們沒有愁，他們偶爾閒下來產生的心思都是對日子不抱實現的希望的盼頭。是不是生活的美好就是這樣不抱希望的盼頭呢？盼望就是心裡產生的熱，是溫暖的過程，這本身就是結果吧。

慢慢地，村裡出現了一些兩層的小洋樓：這是出去做生意賺了錢的。一般的人都是出去打豆腐。石牌是有名的豆腐之鄉，豆腐生意做得全世界都是。但是絕大多數出去做豆腐生意的都是石牌人，即地域上散布在石牌鎮周圍的村莊裡的人。我們村屬於石牌鎮，雖然隔了不過二十公里，出去做生意的人就少多了，因為村裡的地多，把地丟下了實在心疼。當然主要是沒有形成這樣的風氣，看著別人賺了錢還是不敢出去。後來終於有人出去了，一個出去了，就會有人跟出去，但是還是不多，大部分人還是守著家裡的土地。我們家同樣如此，總是有許多放不下的地方，總是有這樣那樣走不開的理由，一家人偶爾想想發財的事情也就放下了，父母繼續種著家裡將近二十畝地，一年年，歲月是一個優秀的說客，把外出的夢想說得一塌糊塗，讓我們一家人老老實實地守著這個村子的零零散散的那麼多地。出去做豆腐的人回來在村裡蓋了小洋樓，當然叫人羨慕，但是住得不集中，也不是天天都可以看到的，這份羨慕也就不了了之了。

　　當然村子裡經過二十年，就完全把以前的泥巴牆的房子換掉了，錢多一點的人家蓋小洋樓，少一點的蓋個四合院的瓦房。錢再少一點的，房子就蓋少幾間，矮一點，反正沒有人在房子的事情上攀比，也不會有人覺得自己的房子不如別人的好就感覺低人一等的。這是橫店村人的心理，一群人的心理會構建出一個文化和文明。不過文化和文明這兩個詞語很高大上，不能一次性就用在了橫店裡，得分期使用，這和熬日子是一樣的，文化和文明都是慢慢熬出來的，如此金貴的東西一下子用完了顯得不厚道。我不知道是不是橫店小小起伏的丘陵的曲線形成的人們天然樂道的性格特徵，還是在能夠解決溫飽的基礎上就失去了對更好的生活的追求。當然我們不知道什麼樣的生活才是「更好的生活」，我們不知道它的標準，因為沒有標準，所以就允許任何人給它制一個標準，這是一件讓人愉快的事情：每個人都有自己的標準，誰也管不著誰。如同每個人心裡的政府都有了行使權。這樣雖然有一點孔乙己，但是孔乙己的生活是他認為的最好的生活。

橫店就這樣慢慢地接受春夏秋冬四季輪迴，一些人死去，一些人出生，一些人從橫店走出去，一些人也來到了橫店。橫店沒有一個祠堂沒有一個寺廟，如同一個被神靈丟棄的地方，但是神靈卻又一直住在人們心裡：他們知道什麼是道德，他們從來不滋事，我在這裡活了四十多年，沒有發生一件惡性事件，當然小偷小摸是有的，男盜女娼是有的，我的村莊就是一個有瑕疵的地方，如同人性在哪裡都會有瑕疵一樣。我不想為這些瑕疵洗白，如同人不能為人性辯護一樣。行為和道德的瑕疵常常提醒我們一些東西，讓我們對生活保持一種警惕，對別人的警惕小於對自己的警惕，但是我們根本思考不到這些東西，日子在太陽的東升西落裡構建。

到了四十歲，我父母六十多歲了，我們以為橫店村會以這樣的樣子持續過我們的一輩子。我們都已經準備好了對命運沒有理由完全地順從，這其實是沒有理由完全地信任，是我們用大半生的經驗得出的信任：生有方，死有葬，已經是對一個生命莫大的禮遇。我們在貧瘠的日子裡生出了詩情畫意一樣的恩情：對於這塊土地對我們身體和靈魂的接納。當我們在勞作的間隙抬起頭看天，會發現一個村莊最接近的不是另外一個村莊，而是頭頂上的一片天空。乾淨的天空是一種安慰一種鼓勵，也是蠱惑。我對父親說：如果死後能葬在這樣的天空裡，這會是怎樣的幸福啊。父親也抬起眼睛看天，眼睛瞇成縫，天空裡的光掉到他的眼睛裡，亮出細微的聲響。

不，他說：我不想葬在天空裡，不踏實，我一定要葬在地底下，你記好了。父親看了看我：不過你也只有把我葬在地底下的本事。說出這句話，父親就放心地繼續幹他的活了。我不服氣：反正我要把自己葬在天空裡，至少是靈魂。父親覺得關心靈魂的事情是閒得太狠了的無事生非，他不會為此停下手裡的活兒，說：靈魂的事情我們都說了不算，那是它自己的事情，反正你也是管不著的。但是我覺得我應該把自己放進這樣的天空裡，無論是破壞還是讚美都必須在這樣的天空裡做出一點什麼事情。想到這裡，我突然對自己生出了一點滿意，這樣的滿意其實是對橫店村的滿意，滿意過了就生出一點淡淡的愁緒，在故鄉的土地上生出的頭緒也許是可以叫作鄉愁的，只不過我的鄉愁是縱向的，這和大地上橫向的鄉愁當然是不一樣的：橫向的鄉愁接近於人情，是一個人對一群人的事情，縱向的鄉愁接近於人心，是一個人對一個人的事情，當然也是一個人對天空的事情。我為這強加於自己身上的鄉愁感到幾分羞愧，和這幾分羞愧相等的是幾分甜蜜：一個人在一個地方生了根，但是她不知道這根生長的方向，現在她知道了，如同對自己的後背突然了解的激動。

於是不僅僅橫店這個行政屬性下面的地域是橫店的，連同橫店上面的天空也是橫店的了。但是這個發現並不會帶給人多大的喜悅，其實它是本來就存在的事情，不過我們抬起頭重新看見了一次而已。可以肯定的是橫店的地域是不會變化的，但是上面的天空是不是一直都是那片天空呢？這是一個新的讓人頭疼的問題，我不知道我為什麼苛刻於天空是一片天空，我無法說明白我的想法，我們總是試圖在大地上看到天空的祕密，但是這顯然是一件不可能完成的事情。

我們熱愛頭頂的天空，一半是因為這片天空下的土地，因為土地上的氣息倒映上去就是一片有了區域的天空。我們如此相信這一片土地，是因為它和我們息息相關，和我們的日子，生死相關。天空和大地的對應，雖然無法直接對應出生死關係，但是可以對應出生死文化。生死有了文化的底蘊才會有底氣，才能夠理直氣壯。所以我們存在的地方不僅僅是一個平面，而是一個空間，甚至有可能還有我們的眼睛無法看到的三維空間，比如鬼神的存在。鄉下的鬼神都是樸素的，所以更有可能和人和諧相處。常常想，生活狀態的選擇是帶著先天基因的，比如我們一家：我們從骨子裡對人間繁華沒有多大的興趣，如果有所希望，就是把現有的日子過得好一點，僅此而已。年輕的時候我們看不清楚，埋怨上天為什麼不給我們好一點的生活，因為對生命的不夠了解，所以所有的懷疑都有存在的理由，這樣的懷疑會讓人不停地思考，而思考的結果就是：生活的狀態是由先天的基因選擇的結果。

思考有了結果，行動開始具體和落實：安安心心地在這樣的村莊裡過日子，安安心心地接受照在這個地域上的陽光，這個地域上的風。於是那些看起來似乎沒有差異的生命形態都被神眷顧著。鄉下的人都是生活的行動者而不是生活的思考者，行動才是生活的本質。如果一個農民只是思考生活的事情而不去解決事情，這樣的思考將很快失去它的價值。就是說一件事物的價值在不同的人身上有不同的體現，而鄉下人的價值首先受到他的觀念和生活需要的直接影響。如果我的鄉親們知道這個明媚的上午，我在新房子的客廳裡寫什麼價值不價值的事情，他們一定會覺得我的腦子出了問題。生活的價值就是生活本身的點點滴滴，他們不過從來沒有用文字把它們記錄下來。

是的，我是在新房子的客廳裡敲打這些文字。二〇一七年的春節，我們有了新房子，橫店村的三百多戶都有了新房子。原來分散在幾千畝的角角落落的人家現在全部集中在了一起。原來雞犬不相聞，現在在家裡大聲一點說話，可能就有幾家聽見，這就是社會主義新農村！橫店村計畫建設新農村的時候，鄉親們是歡喜的，他們可以用不多的錢買到一棟規格很高的房子，這可能是有的人家積攢一輩子無法等價買得起的房子。新農村選在我家周圍建設，我們家所有的地一下子被徵用完了，一分地都不剩。我和我父母一下子從有近二十畝地的「地主」變成了沒有土地的人。當然他們年紀已經大了，再種地是一件非常吃力的事情，所以這個時候地被徵用了未必是一件壞事情，至少結束了繁重的體力勞動，至少讓他們進入晚年的時候被迫輕鬆了一點。這樣的巧合卻並不能被運用得廣泛一點，因為不是所有人家的地都被徵用了，當然也不是所有的人在同一時期進入老年。如果我們家的土地不被徵用，我的父母將一直幹農活到七八十歲甚至直到死去，因為沉重的體力活而造成的生命的哀愁和悲傷，因而對命運造成的埋怨，我當然不敢把它理解為另一種形式對生命的禮讚。詩歌裡的「小橋流水人家」不是真正的農民寫的，是根本沒有進入過農村生活的葉公好龍。父母終於不用幹農活了，我暗自高興，但是同時免不了擔心：我們的生活物資將從何而來？這是一種嚴重的恐慌。這樣的恐慌的根本原因是吃不到自己種的糧食，心裡不踏實。我們不是對別人種出來的糧食不放心，而是這樣的發展似乎一下子打碎了什麼，我們知道打碎的東西是沉重的，因為進步意味著文明，但同時也是珍貴的，珍貴的是其中的習俗和由這樣的習俗而產生的文化和文明。

嶄新的新農村就這樣在橫店的土地上生出來了，生得似乎有一些突兀。如果出去打工的人經過了一年，過年回來就找不到自己的家門了。但是人們的心是歡喜的，這些裝修好了的房子和城裡的並無二致，甚至比有的城裡的房子還要好：自來水，暖氣都將一一供應上，非常好的綠化工程，非常完善的社區建設。從前在電視上才能看到的畫面搬到了橫店村，甚至修改得更好一點。從前住得很遠的人如今出門就能碰上，人的地理距離就這樣被縮短了。我不知道人們是否希望過人的心理距離也如此被縮短，如果能夠如此，這無疑是新農村能夠產生的最好的東西。春節的時候，看見人們不時地從我家門口經過，熱熱鬧鬧的，彷彿把丟失了好多年的新年的氣氛重新抬了回來。春節，是中國最大最不能傷逝的一個傳統，所有的習俗在這個節日裡集中地體現：貼對聯，祭祖，拜訪親戚等等，這裡面有許多禁忌和規矩，這裡的禁忌和規矩就是一個地方的鄉土文化，這是最為珍貴的東西。許多禁忌和規矩被人說帶有一些迷信色彩，但是沒有迷信就沒有敬畏，沒有敬畏的人群和地方就是人性的荒蕪之地。

我無法避免地看到一些傳統和習俗在橫店慢慢地不動聲色地消失，但是無能為力。這無能為力讓我對自己很生氣：我也和別人一樣放任自流，而且自己也在這樣的放任自流之中。一些東西消失了就不會再有回來的可能性，如同一個死去的人不可能再返回陽間一樣，這樣的痛才是深入骨髓的椎心之痛，如同我母親的死亡一樣，這是一個地方和一個地方的文化最大的損傷，因為我們沒有找到新的更有效的文化代替。其實我覺得文化不存在替代的問題，只有改進的問題。但是我們面對的是傷逝而不是改變。我常常想在新農村的建設過程裡，能不能既改變了我們的生活環境又保留了原來的傳統文化呢？想想又覺得是一件勉為其難的事情。如果把老屋裡的神位搬到亮堂堂的新房子裡還是感覺有一點彆扭：光線充足的新房子裡，神像被充分地暴露，似乎就失去了它的神祕。沒有神祕，神也是不願意的，想想人都想要一點神祕性，何況是神呢？所以傳統和現代有不可避免的矛盾，當然這也不是問題的關鍵。問題的關鍵是人的心裡還有沒有敬畏：對天地和對人的敬畏！這是我的哀愁，是我現在最大的無法擺脫的哀愁。

就這樣，我也有了鄉愁。我的鄉愁不是站在遠方看故鄉的思念，沒有對著月亮懷念人或景的詩歌一樣的浪漫和憂傷。我的鄉愁就是直愣愣地站在這片土地上，直愣愣地看著它的變化的無力無奈和無辜。如同看著我的母親斷氣，被推進火化室，等她從火化室出來就是一堆灰的過程。這是一個撕心裂肺肝腸寸斷的過程，這是一種永恆的失去，一種徹底的失去。我的鄉愁是無法化開的愁，不是從遠方回來就能夠緩解的愁，不是詩情畫意的愁，而是一種血淋淋的愁。它不是什麼東西從你的手裡拿去了還可以還給你，而是一塊骨頭從你的身上剔出去了再無法長回你的身上。當然剔去骨頭的地方會有新的骨頭長出來，舊的文化丟失了會有新的東西替代，但是這替代的東西是硬生生的拼接，而不是延續和發展。我每天都要直愣愣地面對它。

有一段時間，母親的去世和對家鄉的疼惜，以及這種對失去的和到來的無力判斷，攪得我心力交瘁：我擔心我的憂慮是畫蛇添足，甚至有悖於事物的發展。我看到的是鄉親們住進新房子的喜悅，我經歷的是自己在新房子裡生活的便捷；今年過年，我父親因為心疼嶄新的牆壁而沒有在上面貼對聯，吃年飯的時候也沒有和從前那樣點燃蠟燭和香去祭祖，一個年就這麼草率地過去了，過得很輕鬆也很寡淡。當然我不知道說現在的年過得寡淡有沒有根據，還是我們的心沒有跟上變得太快的事物，如同我們坐在小轎車裡拿小轎車的速度和自行車的速度比較。所有的寡淡並不是事物本身沒有味道，而是我們急急忙忙地沒有仔細咀嚼，許多味道就這樣被浪費了。所謂的寡淡是在豐富的物質裡選擇的困難，和選擇以後對放棄的事物的懷疑。

如同我們選擇了新農村，選擇了好一點的生活條件，快一點的生活狀態，但是我們對放棄的充滿懷疑：它裡面有多少美好的東西被我們一起丟棄了呢？因為懷疑和懷念，一些不夠美好的東西也紛紛向美好靠近，懷念如同一種赦免，囫圇吞棗之下，看似美好的就被肯定成了美好的。確定不美好的在被原諒被修飾過後也悄悄擠進了懷念的邊邊角角。這是一種干擾，但是生活的貧瘠裡，這樣的干擾無法被清除，甚至成為修飾自身的工具和必要。所以我對我的愁緒又如此不敢肯定，我甚至做不到自欺欺人，這是隨身的失敗，是無時無刻不在的失敗。血淋淋的鄉愁把我帶進了無法抗拒的失敗感，這是鄉愁拒絕了輕飄飄的似是而非，而讓人沒有了迴旋之地。但是沒有迴旋還是要不停地旋轉，如同我，總希望通過不停地旋轉找到一絲縫隙安放對故鄉說不清楚也道不明白的還存在的一些感情。

我不知道別人是不是只是滿足於鄉愁的本身，故鄉的陷落在他們的個人情感裡不過是增添了一些沒有近身的傷感，因為他們可能再不會回到故鄉，他們的愁經過了距離和轉述而有了平和的距離和空間，這樣的距離和空間足夠他們找到別的事物填充，他們一定會說沒有事物可以填充，他們一定會說鄉愁是無法替代的，是的，無法替代，但是可以忘記，剩下的是情感需要的詩情畫意，這樣的鄉愁在他們哭泣之後還能夠讓他們的眼睛明亮起來。但是我不能，我不行，我就在這個地方，時時刻刻看著一些東西在塌陷，在丟失，似乎覺得可以伸手拉住一些，但是什麼也拉不住。這時候我的愁在別人的眼裡也成了一種風景，這是諷刺。

我們的愁，源自我們的無能為力，而這卻是我們被時代裹挾著往前走的身不由己和擔憂。碰巧生在這個急遽前進的時代，變化得太快，而生命的基因還有一部分停留在農業社會的慢時期，我們不知道對誰喊一聲：你慢一點，等等我。沒有人等你，沒有人等你的不安和懷疑都得到解決。寫到這裡，我覺得自己話太多了。窗外下起了雨，打在玻璃窗上聲音很硬，不遠處的喇叭在唱生日快樂歌。我覺得自己還是幸福的，隱隱約約帶著憂愁的幸福。

截一段春色給我的村莊

我寫作的這個時刻，門前響著轟隆隆的推土機的聲音：我家門口原來的水塘已經被填平。土是從屋後挖的稻田的土。我家四周的二層小樓已經在建第二層了，年底，我們村的三百多戶居民就會集中住進來，想想都是非常地熱鬧。

與別的村莊相比，我們村的房子建的品質是比較好的，據說以後還要供暖氣，光纖的拉通自然也不在話下。前幾天我看了一下毛坯，房子還寬敞，上面就有三間大的，父親說可以單獨為我設一個書房。如果住在靠南的房子裡，還可以在上面的小陽台裡養花種草，這麼一想，似乎就有了一點小資，過上了似乎想像裡的小日子。

但是我又隱藏不了我內心的彷徨不安。是的，我們可以住上比我們現在好的房子，會有比現在方便、更現代化的生活設施，這也是我樸素窮苦的鄉親們的願望：若不是國家補貼，大部分人是建不起來這樣的房子的。但是我隱約感到我們在丟失更多的東西，而且丟失的這些東西以後甚至不可能重新修復起來。

如果說我是一個安貧樂道的人，那絕對是騙人的。許多城裡的人說喜歡鄉村的生活，其實都是葉公好龍：當然如果你帶上足夠的錢來鄉村裡躲清靜而不事稼穡就當另當別論。真正的農民是最辛苦的，這不是詩句裡偽善的抒情，不是「小橋流水人家」裡的那戶人家，就算是那戶人家，也會為孩子的學費著急，也會為了驅趕蚊子而熏得滿屋艾煙。別人的生活永遠是別人的，你怎麼可能看見別人的生活本質？

我家的地被徵用了，賠了一些錢，當然不多。但是想想父母六十多歲種地也辛苦，也就默認了。父親準備種地到七十歲的想法被提前了好幾年。父親一下子成了一個無業遊民，從前從來不散步的他每天晚上都出去走一個多小時。而散步的那條不寬的水泥路也被擴寬，高速公路就在我家屋後開始修建。

一夜之間，生活彷彿在發生翻天覆地的變化，許多我們曾經以為很遙遠的事物一下子湧到了面前，它只有一個態度：你給我接受。總有一點霸道和不講理。當然這世界上講理的事情本來就不多。而我們也只能採取一個態度：接受！哪怕有一些對抗，最後也不過是被動地接受，區別是有，但是從來沒有根本性的區別。以前，突如其來湧到我面前的好像只有死亡，但是現在，湧出來的是比死亡複雜得多的東西，你沒有能力分辨出它的好壞，也不敢肯定它一個方面是好是壞。

但是我的確惶恐。似乎有什麼正從我的生命裡抽走。我家門口的水塘存在了幾十年，小時候我們在裡面摘過菱角，夏天的時候家裡的牛下去泡澡，我們也下去學游泳；慢慢地，牛沒有了，我們也用太陽能洗澡；而今天，水塘消失了，以後不會再出現。

像一種不知不覺的死亡。一個人如果不是出現意外，他的死亡都是不知不覺慢吞吞的，時間在他的身體裡一縷一縷往外抽，抽得不輕不重，讓你習以為常的時候，它卻抽完了，你就離開了這個世界。而在這個過程裡，它甚至蠱惑你：死亡是一件多麼美好的事情！

微信朋友圈裡許多詩人朋友寫出了關於春天的詩歌，我才知道春天來了。我家周圍沒有了柳樹，沒有了桃樹，甚至沒有了野草，我不知道春天能夠從哪個方向向我靠近。我突然發現我是一個失去了春天的人。而且在農村裡的人是恥於向盆栽的小花小草要一個春天的。而且也恥於走很遠的路去看別人家的油菜花。

我想農村城鎮化，當人們在這樣的環境裡安居樂業也是好事情，沒有理由讓一個社會的形態一直不變。但還是隱約感到一種無法逆轉的破壞：比如我的村莊，房子的建設都是自己選擇的地方；選擇的標準有關人情，有關風水，有關許多傳承下來的忌諱。比如我家房子的大門，我父親當年覺得風水不好，就移動了幾釐米。看似迷信，卻是一種樸素的文明和文化，但是這樣的文化被丟棄了，人們似乎活得輕鬆了，但也活得蒼白。這些文化讓人們保持了一定程度的敬畏，我覺得也是最基礎的敬畏，如果連這一點敬畏都沒有了，人的精神當然會陷入一種可怕的境地。

許多村莊和許多人一樣永遠默默無聞，這是自然的事情。生活只是讓你生下來，活著，看似漫不經心，過於簡陋，但是簡陋就是生活的本質。人最大的能力是讓自己過得幸福，想出名的人也不過想要一個幸福的生活，途徑不一樣，目的一樣。我愛的這個橫店村，它沒有比別的地方好的地方，甚至比不遠的一些村莊更窮，但是它就是我的。一個人和一個村莊的聯繫也是前生注定的。甚至這個村莊的一些惡性也是我不喜歡的，但是它就是我的，因為別的村莊和我沒有關係，只有橫店村和我有關，而且血肉相連。

也許我的憂傷有一些矯情，也許時代的進步本身就有著破壞和覆蓋，也許被覆蓋的就是陳腐的需要拋棄的東西，也許我們的懷舊僅僅不過是懷舊而已。我突然想在這裡找到一種平衡：讓我們在新農村裡把舊有的文化繼承下去，我想這是一件不可能的事情，文化的消失是一點一滴的，不可能誰振臂一呼，它們就回來了。

寫到這裡，我突然放下心來：因為我的村莊還在，還沒有空。

一個村莊不空，首先是人的存在。經常看見新聞上什麼地方出現了空村，這是最絕望的事情，人沒有了，一切就沒有了修復的可能性。而新農村是不是能夠把更多的人留在農村，這是一件可以討論的事情。

可是為什麼一定要保留一個村莊呢，是不是出走的人帶出去的文化太快就消融在其他的文化裡，畢竟太纖弱了。說來說去，單一的文化是不可能形成文明的。一說到文明就感覺自己在裝模作樣，還是打住。

無端地熱愛

——寫在春天初至的我的村莊

那個早晨，看見家門口的野薔薇枝條上鑽出了一個個芽，驚叫一聲。父親說：它們老早就鑽出來了！老早就鑽出來了？我居然沒有發現，父親與這些植物的關係比我與它們的要深許多，所以它們讓他第一個看見它們在新的春天裡最初的生發，這是它們的情誼，是在體貼和讚揚父親和它們更加接近的心腸。

那些嫩芽剛剛探出頭，似乎來不及搞清楚它們與這個世界、與這個春天的關係。所以不停地犯嘀咕：呀，我是怎樣冒出來的？我是被誰推了一把嗎？它們在枝條上跺腳，搖晃著身體，但是枝條沒有動靜。而這個時候如果有風，它們的心又該慌張了吧？

一個嫩芽長出來，也有幾種色彩呢：芽的根處，就是枝條上的那個地方是微紅的，好像長出來也帶著血，想必也是疼的。是的，沒有一種事物能夠輕輕鬆鬆地獲得美麗，它一定要擔當必要的疼痛，這疼痛是上帝給的，是聖潔的，神聖的。也許，沒有經過疼痛的事物也配不上美麗，所以每一個春天都值得讚頌和尊重。

往上一點，有微微的綠意，這是春天烙進它身上的生命的基因：告訴它以後會長成一片蔥鬱的葉子。這是讓它放心呢：你不會長成別的模樣。當然如果你膽敢長成別的樣子，我也會糾正你。所以，一片葉子從一開始就不會出錯，它只要盡情生長，就一定會迎來生命的蓬勃。春天如此寬厚，萬物才重新生長。

再往上一點，就是鵝黃了：剛剛長出來的嬌柔的模樣，彷彿弱不禁風。當然，它也不需要經過幾場風，就會又往上長一點了。如同一個走夜路的人，總是擔心一腳踏進泥濘，但是還沒有踩到泥濘，這一段路就已經走過去了。彷彿人生的路上一些事情是早注定的，如同這個春天必然的到來，我們需要做的不過是盡情綻放。

一棵野薔薇就這樣把春天頂了出來。也許它並沒有考慮時間考慮季節，只是身體裡的事物在積雪融化以後面對漫長的寂寥，而這寂寥似乎比去年雪化後的寂寥更長一些，它有些擔心，有些焦急，心神一晃，就鑽了出來。

春天就這樣來了，一點一滴漫不經心的樣子，油菜花也零零星星地開了，不用擔心，它們會越開越多，沒有一朵花會錯過春天：它們和春天是互相映照互相需要的。而春天也是一個凶猛的季節，它不把每一朵花開到荼蘼是不會甘休的。春天裡的每一朵花也是一副惡狠狠的樣子，它們不開到絢爛就怕對不起自己。雖然每一個春天都已經被用得庸俗不堪，但是比誰更庸俗也顯得大氣凜然。

當然這棵野薔薇並不知道我對它的憎恨：我在淘寶網上看見它開得那麼妖嬈，還可以接連不斷地開，結果栽下去，它卻是一棵野薔薇——花開得亂七八糟，沒有一朵成型的，不以為然掛在枝頭上的全部是小小的白花，我被淘寶給騙了。但是它沒有騙我，因為它不敢騙春天。所以春天一來，它似乎就叫了起來：我在，我也會開花！父親嫌它花開得不好看，幾次說要砍了，但還是沒有。

一棵從遠方來的植物栽到了我家門口，首先迎接它的應該是我的村莊的泥土，泥土一定用最樸素的歡迎詞讓它顛簸過的心安靜下來。泥土一定對它說：你放心長吧，這裡就是你的家。我忽然想到，如果我死了，被埋進泥土的時候，泥土也會對我說這樣的話吧。嗯，在春天裡想一想死亡的事情也是溫暖的。

今年，我又買了幾棵花苗栽下了，我一樣不知道它們是真是假。但是我最關心的不是它們的真假，而是它們能不能活起來。我覺得這對我對它們都同等重要。如果它們活了，對我就是獎賞，就不存在欺騙，而且這個春天還將多一份期待。

其實許多年我已經不關心春天了，四十個春天從我的生命裡經過，它已經無法帶給我欣喜甚至安慰。我知道至今對它的每一個細節也未必那麼清楚，但是在弄清楚這些細節之前，我卻有了不深不淺的倦怠。如同愛情，我對它沒有那麼充分地體味和享受，如今也有了倦怠。但是大地沒有倦怠，春天也沒有。所以每個春天都有新生的孩子，他們替代著我們在這大地上歡天喜地地熱愛。

一棵樹上的花朵，我以為一半來自泥土，一半來自天空。但是我不知道它來自天空和大地的具體哪一個地方。如此一想，生命的遼闊總是讓人心神蕩漾，於是有了活下去的夢想和熱情，於是奮力愛這春天，如同明明知道愛情沒有好結果一樣還會認真去愛一個人，生命就是這麼可愛。

我相信一個枝頭上的花朵都是去年的、往年的，生命有輪迴，輪迴是癡情也是耐心。這是大地上普遍的事情，也包括我的村莊。我不知道我為什麼對一棵野薔薇上的葉芽如此欣喜？我不知道這已經用得庸俗的熱情為什麼一到春天就重新生發？

但是這些讓我喜悅。

寫到這裡，我覺得我再不需要多發一言。就感覺春天的事物擁擠著向我湧來，但是無法說出任何一個卻又是被人了解深刻的，因為那麼多的人也像花一樣往春天裡趕，他們了解的春天的事物比我的村莊要多得多。但是我只是待在我村莊的春天裡，哪裡也不想去。

我狹隘地把春天也分出地域，而且一些地域的春天是不宜侵犯的，哪怕它庸俗，毫無新意，但是卻被一些人掏心掏肺地愛著。所以春天來的時候，我寧願是一個說不出話的傻子，一棵被人嫌棄而又捨不得丟棄的野花。

過年

1

一隻古老而凶狠的怪獸從故事書裡走出來，在春天到來之前想撂倒幾個人，安靜了許久的塵世突然熱鬧起來，貼紅對聯，放鞭炮，咋咋呼呼把這不討人喜歡的怪物趕回海裡去。第二天清晨，發現人世安好，親人平安，是要放鞭炮祝賀的；還要所有的親朋好友都串串門，看大家平安喜樂，就放心下來。

想來「年」是一個小怪物，小的時候看它，它怪模怪樣的。小孩的玲瓏心不知道世界上有惡的東西，他們扯扯它的耳朵，揪揪它的鼻子，年不耐煩地哼一鼻子，他們還以為是可愛，哈哈笑著。父母給新衣服，給好吃的，對他們說：遠離年，它會咬你。但是他們新衣服穿了，好東西吃了，還是和年鬧成一片。

孩子一年年長大，年卻沒有長，還是一副小巧的模樣。大孩子就不願意和年一起玩了，玩了許多年就有些膩了。年在他們的身邊摩擦一會兒，也覺得沒有意思，就去找別的孩子玩了，反正它永遠不缺小夥伴。

2

「年」是要過的。過是一寸一寸走過去。如同小時候偶然得到一個棒棒糖，一小口一小口地舔著它，得舔很久才能把它舔完。所以年喜歡和小孩子纏在一起，他們知道它的樂趣，對它倍加珍惜。

大了，棒棒糖就吃完了，人生不允許一個人永遠長不大。一根棒棒糖也不會把一個人長久地摁在童年裡。童年結束，甜味消逝，年再可愛也失去了曾經的吸引力。年如同一根棒棒糖，一個童年就舔完了，如今，我們再說到年，如同握著一根沒有了糖的棒棒。

但是，年還是要過，還是要一寸一寸地捱過去。捱得心慌意亂：有的人捱著捱著就沒有了，你看，年還是吃人的，不是一下子把人吃進去，而是一點一點不動聲色地把人吃了。所以小小巧巧年的樣子是迷惑人的，它對你溫柔地笑的時候，你身體裡的肉已有一部分在它嘴裡了。

3

我們感謝走在我們前面的人替我們擋住了年的撕咬，感謝我們的祖輩替我們擋住了死亡，儘管不久的將來，就輪到我們把頭伸進它的大嘴。我們逃不開這樣的結局，大地遼闊，我們將從大地的每一條經脈滲透到某一條水流直至大海和永恆的年匯合。

吃過年飯，在父親的帶領下，我們去給祖輩上墳：新農村建設，幾位老祖宗搬遷到了一起，也有兩個的合成了一個，不管他們會不會吵架，當然如果更恩愛則會更好。還有別家的幾個墳並排在一起，他們肯定互相歡喜，寒暄：好久不見，過年好啊！陽光下，一排新墳熱熱鬧鬧，看起來欣欣向榮。

我們燒紙錢，一個挨一個磕頭。父親跪在一個墳前：爸爸，我來給你拜年了，新年快樂啊。磕頭結束，鞭炮響起。

只有奶奶的墳在另外的地方，我們去的時候，它周圍的小麥在樂呵呵地拔節向上，好像年沒有咬著它們，陽光下它們歡欣鼓舞地叫著。

給奶奶磕頭，我問她：婆婆，你還認得我不？你還想和我吵架不？

4

初一。在我看來，只有這一天還長著年的樣子。為了不惹這個小怪獸哭鼻子，我們還裝模作樣逗它開心：洗臉水不倒在地上啦，免得自己家做事的時候下雨；剪子不要用啦，不然老鼠會在衣服上咬洞；不要出言不遜啦，禍從口出，一年不順啦；當然早上得起來給長輩拜年啦，有壓歲錢是次要的，重要的是要有禮貌啦……

我們在這一天保持了敬畏神的樣子。我甚至在這些儀式裡感覺到了神的到來，它讓人心無端一動，失落或者嚮往讓心一下子豐盈了起來，彷彿歲月流逝，人有所依。所有神的信徒都有他的儀式，所以儀式是一件不可或缺的東西，它對人有從裡到外的要求。我不知道我是誰的信徒，除了天地。

初二。父親說水也是不能倒在地上的，但是我卻洗了衣服洗了頭：那些不乾淨的東西磕著我的心。所以我對年的儀式就這麼草率地結束了。彷彿年對我只打了一個照面就跟著別人跑了，丟下了漫長的沒有起伏的日子不管我怎麼消磨。

只有此刻，堂屋裡父母弟弟妹打麻將的聲音拉住了想跑遠的年。

5

幸運如我，能夠生在這四季分明的江漢平原。那些四季如春或者終年白雪皚皚的地方如何感受年的到來？年一過，就是春天了，所以年也是春節。那些遍地野草已經在開始準備了，當它們聽到鞭炮聲的時候。而我的身體大概是第一個感受到春天的到來的，這要命的生物鐘啊。

首先，夜晚感覺不到那麼冷了，被子有時候不那麼嚴也不一定會感冒了。而我的身體生出了對肉體的嚮往。一個冬天，它都沉睡著，我誤以為我已經到了忘記欲望的年紀，而春天的號角不過試吹了一下，她就如此積極地回應了，真是一件不可思議的事情。春天也是一個與欲望作鬥爭的季節啊。

想想，如果一年只有一個季節的平鋪直敘，那是一件多麼無聊的事情。沒有冬天，它們能夠叫作迎春嗎？我去過昆明，去年的春節去的，那裡的花正紅豔豔地開著，當然不是新的花朵，而是前一年沒有開敗的花朵，我喜歡那裡的溫暖，喜歡這樣的時候還可以穿絲襪，但是又感覺彷彿欠缺了什麼。

所以，年有時候也是好的，它讓我們在無垠的時間裡有了期許，雖然不過也是重複，但是比較單一的季節已經足夠讓人歡喜了。

6

此刻，二〇一六年正月初二，親人們白天走了親戚，晚上回家。父母他們在堂屋裡打麻將，一串串笑聲傳了出來，繼而是和麻將的聲音。一年裡，他們也就是這幾天清閒一點。我和兒子在臥室，他玩遊戲，我寫字。

年，這個小怪獸走了，而我們幸福地留在這樣的時辰裡。

憋著的春色

前天是「雨水」，很應景地下著淅淅瀝瀝的小雨，中午的時候，父親在樓下叫我，讓我下去看他在門口新栽的樹，都是從老家的園園中移過來的：一棵橘樹，一棵桂花，一棵花椒。

三棵樹都很年輕，如若少年剛長成。老家在不同的時候栽了一些橘子樹，品種不一樣：有的結果早，有的遲；有的很酸，有的卻很甜。父親挖來的是一棵能結甜橘子的樹。花椒看起來更年輕，一副不諳世事的樣子，枝丫都有著猶豫，不知道往哪個方向長。而且現在它還沒有甦醒，瘦弱的枝丫上挑著沒有褪盡的寒意。桂花樹是父親從魚池那裡搬來的，平時我和它見面不多，現在成鄰居了。

父親喜歡栽樹，這麼多年來，每一個春天他都要栽幾棵，很用心地給剛栽的樹灌生根劑。如果我栽花，他也會給我栽的花灌生根劑，所以我種的花沒有不活的，但是有不開花的，因為我總是買到假花苗子。所以在這一片新農村的樓群之間，我暫時沒有被拆除的老房子，無論從哪個方向看，都是蔥蔥鬱鬱的，看起來總是讓人喜歡。樹多了，自然會凝聚薄薄的霧氣，所謂的氣象也不過如此。

今天上午回老屋的時候，屋後的林子裡聚集了不知多少的鳥兒，嘰嘰喳喳熱鬧得很。特別是有一種鳥，悠長的啼鳴有好幾個音節，曲曲折折好聽得很，還有另外的一隻鳥與牠一唱一和，真是動人心弦。我站在林子邊聽了好久，很想看一看那是什麼鳥，但是我知道我看不到。這時候一隻藍色羽毛的鳥兒飛過我的頭頂，在一家新房子的屋簷上落了下來，微微晴朗的天氣映襯著牠藍色的羽毛，這就是日子的眸子。

父親覺得一個房子周圍如果沒有樹，這個房子就不好看，光禿禿的，給人一種不踏實的感覺。如果一棵好端端的樹死了，他就會很擔心，怕什麼影響了家運。所以樹都是有靈氣的，樹的靈氣蔓延到房子裡來，房子也具有了靈氣。有靈氣的房子人就住著舒服，不會生病。

但是這密密匝匝的新農村房子簇擁在一起，沒有多少空隙可以種樹。當然家家戶戶門口都有統一栽下的大樹，前面還有幾排等著長大的風景樹，如果它們都長大了，也會是蔥蔥鬱鬱的一片，但是它們畢竟不是自己栽的，而且整齊劃一。只有自己栽的樹才是樹，只有自己餵的貓才是貓。只有自己眼睛看到的世界才是世界。

父親喊我下樓的時候，我正在猶豫著不能告訴他的一件事情：我剛剛認識了我喜歡的一個男孩子，一個剛剛成了男人的男孩子。我太長時間不對一個人動情了，我以為我身體裡的荷爾蒙已經慢慢沉寂下去了，但是它再一次騙了我。它如同一個慣犯一樣潛伏在我的身體裡，遇到合適的時機就像火山一樣澎湃而出。但是我不能讓它如此澎湃，它應該如春風細雨一樣。

儘管這樣的荷爾蒙讓我感覺痛苦，但是我還是感覺到滿意。這樣的痛苦是對自己的一種證明：證明自己的生命力。剛好在手機上看到一篇關於殘疾人的性愛問題的，文章表明，無論什麼樣的身體，什麼樣的年紀對性都是渴望的。所以我對愛對性的渴望並沒有特別之處，和許許多多的人是一樣的。這樣一說，讓我感覺有一點沮喪：我如此引以為傲的旺盛的性欲其實和許多人是一樣的。

我想和那個男孩子做愛。這個想法一次次衝擊著我的身體，讓我寢食難安。我在這種熱烈的憧憬裡渾身發熱，這個可憐的女人。但是我不知道怎麼開口對他說：親愛的，和我做愛吧。男孩子許多次的暗示裡，我明白他是願意的。但是我覺得必須清清楚楚地說出來才具備下一步的可能性。他的暗示讓我傷透了腦筋，我不想讓他就這麼得逞。

這樣的事情我不會對我父親講。這個開明的父親也許會教給我一些追男人的方法，但是我不想告訴他。愛是一件偉大的事情，做愛也是僅次於愛情的偉大。偉大的事情總是讓人有一些擔心和害怕，我的怯懦在這個時候總是最突出的。時間在我的怯懦裡一天天過去了，我身體裡還沒有熄滅的火已經一敗塗地。

我感受到春天對我的影響是從我的身體開始的。如此敏感的身體應該是屬於大自然的。如果這是自然的事情，忍耐也是必須的。但是我一向覺得需要忍耐的事情是不符合大自然的事情，當然我不是要找到解決我身體欲望的管道和方法，我總是在客觀地觀察這些事情對我的影響。說到底，欲望是自己的事情，不會躍到身體以外。

清晨，聽到麻雀的叫聲，打開窗戶，看見幾隻落在橘子樹上。這些灰色的靈動的身體在剛剛灑下來的陽光裡讚美這棵橘子樹。我也相信，首先是這棵橘子樹發出了對牠們的邀請，這是大自然之間的祕密，也是剛剛發生的幽微的愛情。麻雀是村莊裡最常見的鳥兒，牠是樸素的，和每一個村民一樣。牠也是把春天捂在自己的身體裡過冬的鳥。牠們清澈的眸子看得最多的就是天空。春天的天空也最多地倒映在麻雀的眼睛裡。

過了兩天，花椒樹萌出了半顆米粒大小的葉芽兒，不湊近看是看不見的。我種的月季花的苗子也萌出了這麼大的葉芽兒，粉紅色的如同小孩子的舌頭。難怪人說春天像一個孩子一樣。這麼美好的嫩生生的春天居然容許我狂熱的情欲如此蔓延，所以春天是一個包容的季節。我感覺我現在在說廢話，我坐在這個孤獨的房間裡，等待春天讓我老去。如果某個時刻，麻雀兒都落在別處，世界都靜了下來，我就感覺我暫時被春天丟在了這裡。

人的孤獨分很多層次：沒有認識男孩子之前，我是孤獨的，我在這個世界上不被人需要，我也沒有對別人的需要，這樣的哀痛和孤獨加快了衰老。所以我那麼急切地去愛一些人，一些幻影。一個女人要把自己欺騙住，是很不容易的事情，有時候我過分愚蠢，這讓我對自己一直不滿意。現在我認識了他，我產生了更深的孤獨，這是可以預料的事情。有一次我去看他，陽光明媚的樣子讓人幾乎懷疑這是一次美好的邂逅，但是我同時也感覺到我正在懸崖的邊上。

我對懸崖的害怕不是一下子可以粉身碎骨，而是它僅僅讓你骨折，很多的骨頭一起折斷，恢復需要太長的時間，而你卻不會因此丟了性命。沒有人把春天看成懸崖，相反，許多人感覺春天是從懸崖裡爬上來的第一感覺，而把春天看成懸崖的人都是不幸的人，包括我。記得許多的春天我都過得分外艱難，我與生命原本溫柔的對話此刻陷進了一個爭吵的階段，但是最後贏的肯定是春天，過不了多久，它一樹一樹沸騰的花朵將會刻薄地嘲諷我。

所以人生裡沒有幾個可以胡作非為的時間段，很多的東西很不容易來到生命裡，來了以後，還不能順暢地抒發出去。如果我父親知道我站在門口對著新栽的幾棵樹胡思亂想不知道他會怎麼想。天地都在為迎接春天積極地準備著，我卻這樣耽擱在自己的哀愁裡。朋友圈裡，那些詩人朋友們都為春天寫了幾輪詩歌了，我還是找不到春天的感覺。我是被動的，當春天實在溢出來以後，我才相信，有一杯羹是我的。

新房子就剩我和父親兩個人了。從前的熱鬧永遠不會回來了。說不清楚那時候是現在的夢境，還是現在是未來的夢境。過去沒有辦法結束，而未來面對隨時結束的可能。人間沒有不朽的事情，沒有不朽的愛，多麼悲哀又多麼公平。我們對已經失去的沒有太多留戀，在我們自己失去之前，對自己有恆長的樂觀：自己還可以存在很長時間，沒有經歷的將一一經歷。我們靠著這一點樂觀活過了一年又一年，迎來了一個又一個春天。

春天能夠產生的溢美之詞已經被濫用了太久。人有多寂寞，對這些詞彙就有多迷戀。「萬紫千紅總是春。」我們都是靠這些俗氣的詞彙武裝自己的人，我們在每一段感情裡看不到新意。那個男孩子終將從我的生命裡退出，我也會退出他的生命。愛上一個人的時候，我總是這樣絕望。而他，不知道我這樣在愛他，他也不需要知道。春天的第一場冷雨已經在昨夜凌厲地落下來。

新房子也會很快地舊去，日子虛擬的新鮮褪得比潮汐更快。所以春天出現了，如同一個海市蜃樓。幸運的是春天都是匆匆忙忙去看花的人，我的哀傷完好地在這個村莊裡如同去年冬天凍死的一棵枯樹。

離婚一周年

我準確地記得這個日子，如一個紅撲撲的紅富士蘋果在日子的枝丫上長了出來。基於這個日子，我也會想起結婚的日子，就在明天，也是巧了。真正的好日子和虛幻的好日子連在一起，生活的嘲諷裡也帶足了美意。結婚的日子是蓄意選定的，離婚的日子如同隨意翻開的一張撲克牌，但是給人安慰。

今天是個晴好的日子，陰鬱了好幾天的太陽神氣活現地出來了，我把洗了好幾天的衣服掛到中庭裡：四件衣服，三件是別人不願意穿了送給我的，一件是幾年前在淘寶上買的，穿的時候它總往下掉。我現在的衣服足夠把它們都淘汰了，但是一直沒有。喜歡把一件東西用到不能用。而婚姻是好多年前就不能用了卻偏偏用到如今的一個馬桶。

皺巴巴的幾件衣服如同四個認識了多年的人同時掛在一條藤蘿上，風從後門吹進來，它們互相嫌棄地觸碰一下再彈開，好像惹到了對方的晦氣。但是如果我把它們穿在身上，它們就是薄薄的一層了，晦氣就進入了我的身體裡，當然進入到身體裡的晦氣也就淡了，肌膚對它的包容和勸慰讓它們溫柔而沉靜。

嗯，有風。三級左右的，在後門外面的香樟樹上摩擦出響亮的聲音。麻雀落得到處都是：屋脊上，煙囪上；屋簷上，院子裡也有。我無法分辨出今天院子裡的麻雀是不是昨天的那一隻。牠們的小眼睛裡有溫柔而明亮的光，但是不讓我盯著看。這時候如果幾隻小貓滾到院子裡，牠們就呼啦啦一下子飛上屋簷。

幾隻小貓有幾個月大了，牠們大了以後，牠們的媽媽就不見了：也許大貓為了躲避牠們吃奶的糾纏而躲起來了。牠曾經那麼愛牠們，一點一點舔牠們的毛，但是牠身體裡的奶水供不起已經長大的小貓，無奈的媽媽躲起來了。

鄉親們正在裝修剛剛建好的房子。新農村把一個村莊的人全部積聚在這一個地方了，原來好多天看不到的人現在可以天天看到了。時時傳來叮叮噹噹的聲音，偶爾傳來爆竹的聲音，一些人已經搬了進來，一些人還在裝修。我這個寂靜了四十年的院子從此再不會有那樣的寂靜了：一個真正鄉村的消失是從歡天喜地開始的。

我的前夫也有一套房子在這裡，和我家相隔不遠。他的房子還沒有裝修，而且他也沒有回家。我們結婚二十年，我不知道他是否把我的家當成過他的家，現在我用我的稿費給他買的房子，只是他一個人的了，他應該把它當成家了吧。當初如果不是父母的一再勸說，我是不會在村裡給他買房子的。這個和我相隔幾千公里的四川人應該回到幾千公里之外去。

這一輩子，我從來沒有什麼夢想，也對生活沒有指望。如果一定要說出一個，那就是離婚。這幾年的幸運和榮光，最好的事情就是離婚。本來離婚是一件尋常的家務事，但是命運的運轉裡，它被放大了放到人們面前。人們說我有名氣了就離婚，忘恩負義。

這沒有什麼可爭辯的，人們要觀看我的生活。我總是憐憫地看著對我議論紛紛的人，他們有沒有足夠認真地對待生活？當然我也許也不夠認真，但是我從此進入了我喜歡的一個生活方式，是的，我喜歡這寧靜的沒有爭吵沒有猜忌的日子：一個人的日子。

正午的太陽照到了我的房間裡，照到了我的床下邊：小白在那裡睡覺。小白是一隻兔子，春節的時候朋友送給我的，那時候牠還是一個小不點，怯生生的。現在牠儼然是這個家的主人了：想什麼時候出去玩就什麼時候出去玩，想什麼時候回來睡覺就什麼時候回來睡覺。

這就是我簡樸的日常生活：沒有夢想，沒有計畫。有時候我會想美國的一個女詩人迪金遜，她曾經的日子和我是不是差不多？她就是在這樣的細碎裡和在這樣細碎的歡喜裡過完一生的？但是她比我幸運的是她沒有二十年的婚姻，沒有因為婚姻而增加對別人和自己的憎恨。但是這一天，這一刻，我也沒有一點憎恨，我的心是溫熱的，平靜的，是被上帝原諒過的。

人間有很多不幸，婚姻是其中之一。但是沒有誰也沒有辦法來終結這不幸。中國人的婚姻從遠古開始，就只有單純的目的：繁衍。但是如果僅僅是繁衍，問題就好解決了。從人擦燃第一把火開始，人的精神就如同火苗一樣上升，人在肢體接觸過程裡產生了愉悅，這愉悅就是愛情。而繁衍的要求很低，它對愛情幾乎沒有要求。但是愛情又是一件無法避免的事情。兩件無法避免的事情碰撞在一起，悲劇一定產生。

漫長的二十年的婚姻讓我有足夠的時間審視它。根深柢固的門當戶對是從哪裡說起：經濟的？精神的？在相處的過程裡兩個人成長的步伐？最基本的：身體的，外貌的？現在我感到婚姻的確需要門當戶對，經濟是其次，這個可以互補。（愛情不能什麼也不幹而只是一個擺設。）但是精神的就沒有辦法互補：兩個人都在農田裡幹活，一個說野花很漂亮，另一個說他自作多情，這就不好辦。

我們總是試圖調和觀念的不一致，這個好像也有辦法，因為過日子也不大需要什麼觀念。那麼身體呢？身體很重要，一個殘疾的妻子會讓她的丈夫覺得很沒面子：當初的新鮮感消失得很快，生活直愣愣地戳到人的面前，不給人喘息的時間。殘疾是無法避免的問題，它帶來的問題也是無法避免的。婚姻是兩個人最近距離的相處，沒有距離就沒有理想。而婚姻是需要理想的。

而理想對誰又不是一種牽絆？我有時候對自己和別人的解剖讓我不喜歡。但是我不知道生活除了用來產生疑問以外還能幹什麼。一件事情對不同的人產生不同的影響：對某些男人，也許就是甩掉一件舊衣裳。對一個女人，她就是甩掉了一個制度，她呼吸的空氣和從前也是不一樣的。

至少我是這樣。我不知道對這些說一些大而無當的感謝是不是就顯得真誠。這個時候陽光只剩下了床上的一小塊。

日記，二〇一五年十月三十一日，陰雨

身體裡的欲望迸發出來，如同一個並不友好的陌生人莫名其妙地蹦到你面前和你打招呼，問你今天過得怎麼樣，吃的什麼飯一樣。你嫌棄他，但是根本沒有辦法把他從你的眼前趕走。如果一個女人發生這樣的欲望是遠方有一個男人想睡她該有多好，一想到這裡，我就警覺到我順順當當地從身體的欲望上升到了精神層面，感謝上帝，我天生就是一個與精神為伍的人，這就讓我不至於那麼快地落入俗套。

為了暫時擺脫無所事事形成更大的無所事事帶來的損傷，午飯以後，去村裡晃悠。新農村建設已經改變了我家四周的生態環境，而且已經搭起了工棚。這樣的速度並不讓人愉快，而是充滿了擔心。人類提速啊，不知道發展到鼎盛時期會是什麼樣子，我只是希望在我所處的時代，它更遲一點到來。想想啊，「返璞歸真」，是不是到最後重新長出尾巴，而且是人從來不和它玩耍的尾巴。風大而涼，陽光是整塊的，把深秋裡的事物照得井然有序：一棵草不會倔強到比另一棵草慢幾個日子枯黃；一片葉子也不會再從容不迫地待在枝頭上；一條蛇會及時回到去年的洞穴。而一個人，也許不能及時地擺脫風吹和情欲的折磨。

從我家一出門，就是新農村建設的區域，被推成整齊的階梯，小草小樹已經葬在地下，我家周圍遼闊起來，淒涼地遼闊。大地上的事物被活生生地毀滅在大地上，你都不知道抱著哪一塊泥土去哭。當身邊陪伴幾十年的草木一下子消逝不見，這恐慌就等於一個親人離開帶來的恐慌。我又一次想到我奶奶，以為她壽終正寢是一條正途，這悲傷不過是慣常的、低矮易散的情誼，但是事實並不如此：會常常想起，會無緣無故地面對一個空洞，會想在這個空洞裡抓一把遠遠消逝的氣息。親人的消逝可以哭得呼天搶地，而草木的消逝，我一哭，都怕是對自然的不敬。

陽光狠狠地照著，在沒有草木的地域裡幾乎洩露了它的聲響。我也被惡狠狠地照著，燦爛的表皮上彷彿少去了許多人世的傷痕。一個人能不能沒有實惠地活著，以致她在任何時候走到誰的面前都是一副年輕不諳世事的模樣？一個人不諳世事會給自己和別人帶來麻煩嗎？一個人在生活裡極盡聰明會帶來什麼好處？但是我總是相信人的本性無法改變，無論他在生活裡端多久。從什麼事情開始，人需要掩藏自己本來的心性呢？

走到對面，看到我家獨立存在於一片荒涼之間，周圍的樹木還在，看起來還是蔥鬱，聚了一些風一些霧，一些鳥雀和昆蟲。真是一個小小的孤島。我媽媽說：幹嘛要把我們家房子留著呢，一起拆了，起成整齊的房子多好看。的確，我也覺得沒有留著的必要，它怎麼可能成為一處風景？怎麼可能因為一時的虛名帶出持久的利益？海子的父母還在，所以他的老房子還在，無聊之人把它搞成「海子故居」，還搞了「海子詩歌節」，年年清明有人去掃墓。但是這些事情總是讓人如鯁在喉：做了不好，不做也不好。也許海子的父母會輕輕歎息：唉，你死得也比別人值得！但是隨著死亡的疼痛慢慢消逝，他們面對的是什麼呢？這個問題我根本沒有辦法想明白。想想如果我哪一天也死了，我在大地上留下的東西過不了多久必然會跟著一起消逝，這是我們每個人共同面對的結局和困惑，唯有這是公平的。

我喜歡我家周圍蔥鬱的樹木。它們即使站在懸崖上也會是一副不慌不忙的樣子，我在想，一棵樹需要多少輪迴的千錘百鍊才能夠如此從容？人是比不上一棵樹的，人在大自然面前都是羞愧的。每個人的生命都有它的氣場，或大或小。每一個人都可能被逼上絕路，生命的周圍不停流失，只留下一個小小的孤島，而且不給任何求救的機會。我是無法例外的其中之一。那時候我也想不顧一切把自身的房子拆了，而且這一拆，根本沒有重建的可能。我不知道如何度過了一個個想要毀滅自身的時候，到現在，這悲戚依舊駐紮在我心裡。

從村子中間往北走，遇見一個個來打麻將的人，他們大多是善良的面孔，從一出生就把命運看破了的樣子。也許他們根本不用想生命是什麼，他們活著就是清晰的注解。有的打個招呼，有的就一晃而過了，沒有誰會覺得這樣不合適，我媽覺得和誰見面一定得打招呼才是禮貌，我認為沒有必要的熱情同樣是一種不禮貌。在大地之上，除了花草樹木，飛禽走獸，還有人。孤獨的人以把自己玩得更複雜來排解孤獨，所以更複雜的人際關係就會形成，結果這樣的排解效果不大。我以為人的孤獨是天生的，但是我們需要自欺欺人，不然更多的時間沒有辦法打發。

又遇見了一個人。他拎著個酒壺，斜著眼光。我往路邊靠了靠，根本不想和他有一點交集，有些人，一見就不喜歡，不喜歡就不喜歡，這也是自然的事情吧。他早年結婚，妻子被打跑，孩子溺水而亡，算人生不幸。但是他從不要別人給他幫忙，也不接受村裡的照顧，這是人們想不通的事情，不過也好想啊：人到了這個地步，還有什麼希望能夠安慰自己呢。他肯定是疼的，但是他的疼不可能超過一個沒有文化的農民對事情的理解，反而這也是幸運的了。

沒有風的日子，憂傷有著陽光一樣的燦爛醒目。我是多麼容易就陷入憂傷的人啊，即使在這麼明亮的日子裡。一個人的幸福和憂傷與周圍的事物沒有太多聯繫，如果僅僅是與它們聯繫的話，人就會快樂、簡單多了吧。也許人總是要找到讓自己悲傷的事物，才能把自己按在灰突突的人世裡。

心似駐佛

1

從北京到武漢，再從武漢回荊門，輾轉到橫店的時候，已是午夜兩點多。

在荊門火車站打的的時候，問多少錢，一些師傅喊：五十！五十就五十吧，在這大半夜找人送回家，彼此皆不易，我很容易對陌生人湧起信任。這樣的信任也許沒有根源，但是它讓我舒坦，如果心存疑慮，必然多憂。

佛說：自性天真！

半夜時分，路上寂靜，師傅把車開得很快，把月色碾得吱呀作響。和他交談的時候，我用方言，他也用方言，我用普通話，他也改成普通話，我忍不住笑了。他說：我知道橫店。

哦，他知道。他的方言已經讓我一下子抓住了身體裡經絡繁複的根，而他說他知道橫店，我一直緊張的身心一下子就放鬆了：這個男人是在這個夜晚為我開門的第一個人。我說：師傅，你慢點開。

於是車速慢了下來，車輪與地面摩擦的聲音小了一些，甚至感覺那聲音是光滑的，車子就也是光滑的了，我們如同寄居在一條魚身體裡的小小精靈，身體裡泛出幽暗而乾淨的光芒。

把車窗搖下來，就有一小片月光大大方方地走進來，纏繞在我的胳膊上。路邊的樹影在輕輕搖晃，我知道那是一棵香樟樹，我知道它的年紀，我也記得前幾天看見它的時候，一個小孩子正把一根紅毛線往它身上纏。

終究是，故鄉的風不同於別的地方的風，一些事物的偉大在於它的無形，而讓這無形動起來的是一個地域的個性。個性首先會滲透在風裡。此刻的風裡，有的是一些莊稼拔節的聲響；有的是一些野草纏綿的呢喃；有的是一些莊稼、野草間小蟲的夢囈。牠們的夢囈裡有我的母語，有我出去的時候留下的歸期。

師傅問我去了哪裡，去做什麼。我說出去玩了。他說真好。

啊，真好。

夜色如酒，今夜和我對酌的是一段方言，還有方言裡的一個人，我沒有問他的名字，他也沒有問我的名字，如果說出來，也不過是搖曳在田埂上的一縷草色。

我喜歡草這個字，喜歡草色這個詞，更喜歡的是草民這樣一個詞，它和我血肉相連，和我一起抓住泥土的根，所謂塵世，還有什麼比泥土更值得信任的呢。

左拐，左拐，再左拐，就到家了。

師傅說：再見。說了兩次，開始是普通話，然後是方言。

2

門口有好幾隻小狗，我家的，鄰居家的，還有不知道從什麼地方跑過來的，都是小狗，小小的身子在月光裡看起來是很結實的，總感覺牠們是一種龐大之物的濃縮，這樣的龐大包括身體、聲音、眼神。現在看不見牠們的眼神，但是我能夠感覺得到。

我家小花是個慢性子，從來不會對一個人表現出多大的熱忱。這也與她的性格有關，她膽子小，我以為她平時看見人的嚷叫有一些裝腔作勢。

牠們都望著我，幾條尾巴在搖動著，如同被風吹著的狗尾巴草。幾條陌生的狗肯定是不認識我的，但是牠們和小花一起搖動尾巴，因為和小花是朋友，牠們就斷定我不是一個壞人。

能夠分清好人和壞人的狗一定是好狗，我想。

我喊小花，她跑到我腳邊，把兩個爪子往前伸，結結實實地伸了一個懶腰，打了一個呵欠。

門口今年沒有種莊稼，野草瘋狂地生長，我倒是非常喜歡這些自由生長的東西，喜歡它們的任性、霸氣和百折不撓。當然，百折不撓是人強加於它們的詞語，它們不過是想給生命找一塊落腳之處。

它們互相摩擦，但是感覺不到私語的小模樣，一棵野草有時候也會比一個人大氣得多。嗯，大自然的事物存在著先天的大氣，而我們人，往往消耗了這大氣。所以，感謝大地，還有這些野草的存在，感謝野草，還在這個大地上堅韌地生長。月光落滿了破敗的木門，從門楣到門腳，都是一片絢爛的白。

我感覺自己被什麼輕輕捶打了一下，心裡有了讓自己放心的疼。我叫門，叫了兩聲，媽媽出來開門。媽媽能起來開門，我就更安心了。

一院子月光，小花牠們跟進來打滾，彷彿院子裡的月光比院子外的月光更亮一些。小花叫了一聲，彷彿是被一團月光打中了頭。這打中了她的頭的月光一下子又滾到她尾巴上去了，惹得她追著自己的尾巴不停亂叫。

媽媽進房間了，我放下行李，在院子裡看牠們玩。月光先是溫熱的，慢慢就涼了下來，涼到剛剛好。

3

夜裡醒了幾次。在家裡醒來，永遠都知道自己是在家裡，不管作了什麼樣的夢。在外面就不一樣了，有時候得想一想，才會想起來自己是在哪裡。

一個人的悲傷在夢醒時分會濃稠一些；同樣的，一個人的幸福在夢醒之時也會乾淨一些，愛情在這個時候會悲哀一些，悲哀在這個時候就更悲哀了。這所有的情緒都在我身上，它們和諧共存又彼此對抗，它們是敵人也是情人，它們有相同的膚色不同的基因。

一個人睡眠如同死亡，所以感謝這活著與死亡的反覆交替。我常常懷有的恐懼是死亡就是某一個午夜的夢境，我常常希望的也是如此。

我是歸於午夜的唯一的人。

終於天亮。

做完一些家務，坐在電腦前打字，鍵盤上的聲音是我喜歡的：安靜，低調，溫潤。屋外的陽光熱烈有聲，擊打在任何事物上都有響亮的回聲。麻雀兒嘰嘰喳喳的，從路上撿回來的小貓趴在台階上。

——幸福由衷。

一個人能夠聽到這些聲音就是幸福，一個有這些聲音存在的地方就是福地。

所以我從來沒有打算離開這個地方的想法，沒有一個地方能夠如故鄉一樣給我如此大的誘惑。

不知最冷是何情

在貴州和重慶待了五天，又在北京待了五天，回到武漢又住了兩個夜晚，想著總該回家了。這兩年，日子的大部分被我消耗在路上了：命運真是一個神奇的東西，它終於短暫地把我從橫店的泥巴裡拔了出來，像報復一樣補償給我曾經夢想的境遇和狀態。當然曾經的夢想不過影影綽綽，完全沒有如此的具體，從來沒有把幻想舉到和飛機一樣的高度。一個人再怎麼幻想，幻想的尾巴總是拖泥帶水地黏在自己原有的生活狀態上，所以我以前從來沒有幻想過坐飛機來來回回，而這兩年，我記不清我已經坐了多少次飛機了。

但是飛機從來沒有從橫店村的上空經過，無論往哪個方向飛。倒是多年以前，有飛機經過我們的村莊，有時候飛機飛得很低，轟轟隆隆地從遠方震顫而來，跑到院子裡看，就可以看到飛機白色的大翅膀。那時候我們家裡的每一個人：我，我弟弟，我爸爸媽媽和我奶奶，沒有一個人幻想過某一天坐一次飛機，那時候飛機就是天上的事物，天上的事物和我們的人間基本上是沒有什麼關係的。更主要的是，我們沒有遠方的親戚和親人，即使坐上飛機，也不知道往哪個方向飛。而現在，遠方依舊沒有我們的親人和親戚，但是我卻不知所以地飛來飛去。

但是我們喜歡說：相遇的都是親人。我們這些在文字裡取暖的孤獨的孩子，我這個對人生的來龍去脈不停懷疑卻做不到徹底背叛的矛盾者，我是多麼容易就把一些人認作我短暫的親人，然後興致勃勃地去看他們，興致勃勃地和他們聊詩歌拉家常，但是在這樣的興致勃勃下面是我對風景的毫無欣喜，對那麼多人的毫無眷戀。所有的風景不過兩眼的風景，所有的人情不過一心的人情，我的悲觀和消極也許讓我錯失了最美的風景和最好的人情，但是所有的誘惑抵抗不了人的性格。一個人的性格決定了你得到什麼和失去什麼，我們試圖的抗爭，不過是在自己的性格漩渦裡打轉。比如我這樣試圖分析一個人的性格，這和我寫這篇文字原沒有任何關係。

但是最親的親人卻在最遠的遠方。遠得比想像得更遠。事情總是在我們的想像之外，而遠方一定比我們認為的遠方更遠。我的奶奶，我的媽媽，這兩個陪了我三十七年和四十年的人，如今，我不知道她們在多遠的遠方。她們從來沒有離開過我，在這個橫店村，一旦離開，就是陰陽兩隔，從人間到陰間應該怎麼走呢？這是一個沒有辦法想像的事情，如同那時候我們看見了飛機都是從來不會想坐飛機一樣。我坐飛機的時候很少想到她們，不知道是不是在那麼高的天空裡不適合想念逝去的親人，還是一旦飛機飛起來以後和陰間相隔更遠？只是在晴朗的天空裡看到那麼白的雲朵的時候，想著她們，特別是奶奶看到了，會發出怎樣的驚歎？可惜奶奶沒有活到我能夠坐飛機的時候。媽媽也只跟我坐了一次飛機，那一次沒有看見白得晃眼的雲朵。而媽媽沉浸於第一次坐飛機的興奮，大約對那些也沒有那麼關心。

我從北京坐飛機到武漢，因為武漢大霧，久久不散，晚點了三個小時。身邊一個五十歲左右的女人不停打電話，聽起來是一個公司的老闆，埋怨這個事情沒做好，指責那個做事不細心，一副小老闆斤斤計較的嘴臉。我背著兩個包，搖搖晃晃地在人群裡走，加上心情原因，走得格外艱難，還滑倒摔了一跤。我想幸虧我媽媽沒有跟著我，她如果看見了，該如何心疼？而她，再也不會跟著我了。許多日子，我在人群裡沒有看到過一個跟她相像的人，她就這樣離開了我，離開得如此徹底，如此決絕。母女一場，還有什麼情可以顧忌？但是有時候我想，她如今去了，也免去了跟我一起經歷苦厄，這未必不是她的福氣。

但是她的死是一個洞，開始的時候如同爸爸的菸頭燙在褲腳上的一個洞，看起來還是可以忍受的。但是日子一天天過去，這個洞越來越大。我們小心翼翼地不惹這個洞，但是總是一不小心就碰上了，如同我指頭上的一個傷口，不管怎麼小心，總還是碰上了，因為它就在你的身體上，如同愛恨一樣無法迴避。這個洞無法縫補，也沒有填充物，我們只能眼睜睜地看著它，看一次疼一次。因為看的時候一定是當初菸頭燙上去的悔恨、責怪和懷念。有時候我感覺飛機在這個窟窿裡飛，火車在這個窟窿裡開，人們對我的讚美和詆毀也都在這個窟窿裡。但是它們合起來也如同一顆灰塵在這個窟窿裡飄著。

從武漢回到橫店，天已經黑了。家裡黑漆漆的沒有開燈。爸爸出去了，鎖著門。我在門口站了一會，氣喘吁吁的。既想脫掉從外面帶回來的黑暗，也想脫掉從家裡面溢出來的黑暗。我想給爸爸打電話讓他回來開門，電話響了一聲，就把電話掛了。我用手機看了看，看見鑰匙，找了一根竹竿把它挑出來把門打開。房間裡有很大的黴味，以前媽媽看我長時間在外面會把被子拿出來曬，這些事情一直是她在做，她不在了，我就記不住曬被子的事情，爸爸也記不住。我潦草地整理了一下房間，潦草地睡去。但是爸爸一直沒有回家，我又放心不下，輾轉反側到黎明，聽見爸爸開門的聲音，懸在心頭的石頭才落了地。

媽媽走後，爸爸似乎沒有特別悲傷。我想他應該和我一樣把哀傷都藏在了心底。他們四十多年的夫妻，吵吵鬧鬧過來，但是彼此都成了對方生命的一部分，即使嵌入得不深，但是剝離開去怎麼不會生生地疼？媽媽死的時候爸爸哭過，儘管他知道在那個疾病的纏繞裡，沒有誰強得出去，爸爸從來就沒相信過媽媽會徹底地擺脫那個病，他只是希望媽媽能夠多活幾年。但是我一直幻想媽媽能夠創造奇蹟，能夠完全康復。我不知道自己為什麼一開始就抱著這個幻想。但是媽媽走得這麼快，不在我的預計裡，也不在爸爸的預計裡。

媽媽下葬後，按照我們這裡的風俗習慣，還要「叫飯」，就是吃飯的時候，擺上碗筷，喊去世的人回來一起吃飯。奶奶去世，爸爸叫了四十九天，媽媽去世，爸爸叫了三十五天。偶爾忘記了，心裡就特別愧疚。爸爸叫媽媽回來吃飯的時候，聲音特別溫柔，媽媽在世的時候，他極少用那麼溫柔的聲音喊過她的名字。在這許多天的叫飯裡，爸爸的溫柔裡幾乎帶著一點小調皮的歡樂，那種感覺如同媽媽並沒有死去，就在我們身邊一樣，爸爸也真的說過，他沒有感覺到媽媽死去，他感覺她還在我們的身邊。我卻沒有這樣的感覺，她死了以後，從來就不讓我夢見一次，她如此決絕地斷開了我們在塵世的血肉相連。我總是在想：媽媽那麼喜歡打麻將，是不是一到了那邊，就被同樣愛麻將的人拉住了，沒日沒夜地打麻將，根本沒有時間過來看我們一眼？而且人才死了，身上總是帶著用不完的錢啊。

許多晚上，爸爸溫柔地叫媽媽回家吃飯，如果媽媽真的泉下有知，一定會笑著嗔怪：我活著的時候你都沒對我這麼好過，我死了你倒虛情假意來了。爸爸則會嬉皮笑臉地說：你死了才不會和我吵架了，我當然要對你好一點囉。或者說：我不叫你回來吃飯，你怎麼有勁打麻將呢？你怎麼有勁去贏錢呢？爸爸高興的時候還是會哄媽媽開心的。這樣的甜言蜜語他們年輕的時候可從來不說，到年紀大了，倒沒羞沒臊地說得出口了。有時候我問他，你知道我媽現在在做什麼不？他也一臉茫然。這個自以為聰明的男人對死亡也束手無策，對他媽媽和自己老婆的去向毫無所知。我們對死亡的懼怕就是從這樣的毫無所知開始的。

也許爸爸也在躲避這樣的懼怕，但是他不肯說出來。其實我也不會有事沒事就把它說出來，對死亡的懼怕和對親人的思念都是一種非常隱私的個人感情。我們對隱藏的個人感情總是小心翼翼，特別珍惜，尤其是關於悲傷的就更不願意和別人分享了。我和爸爸揣著同一個事情形成的各自的悲傷謹慎地生活在對方身邊，因為這樣的悲傷，我們不敢特別靠近，而且也沒有必要分析清楚和找到一個解決的辦法，顯然這都是毫無用處的徒勞。其實也許親人本來就需要一點說不明白的生分，只是我們有了一個理由把它實際化了在我們身邊。但是我和爸爸對所有事物的態度都是順其自然。

很多事情沒有結果和無法處理的時候，我們願意用「順其自然」幾個字安慰自己，把自己交給天地，就可以卸下一些彷彿原本是自己的責任。媽媽去世，我們都說：這是沒有辦法的事情。然後我們還說：癌症病人多數都是這樣死了的，能夠抵抗癌症而活下去的畢竟是少數，我們沒有辦法成為那少數裡的一個，似乎我們幻想成為少數裡的一個都是不應該的事情，都是癡心妄想。可是我總是癡心妄想：我不僅僅希望我媽媽成為少數裡的一個，甚至能夠成為少數中的少數，這個疾病不過是一場意外，意外過了，她還能夠順順當當地活下去。但是我的幻想從來沒有答應過我，它沒有給我準備的時間就取走了媽媽的命。

爸爸每隔一夜就出去一次，他總是等我房間裡的燈熄滅之後，腳步放得很輕，輕輕打開後門再鎖上，後半夜或者黎明的時候才回來。爸爸是找他的情人去了。當他第一次跟我說他有一個情人的時候，我樂了，不因為別的，而是因為「情人」這個詞，這個書面語從他嘴裡如此順暢地吐了出來，如同他原本就應該而且必須有一個情人似的。爸爸幾次跟我說到他的情人，說她溫柔，善良，是天下難找的好女人，說她比我爸爸小了十幾歲。但是他不肯告訴我這個女人是誰，爸爸的理由是：怕我和她見到了不好意思。其實我倒沒有什麼不好意思的，說不定見到了我還可以開開玩笑什麼的。我爸也許擔心的就是這一點，他知道我開玩笑是不認人的，而他那靦腆的小情人怕是禁不起這樣的玩笑吧。

爸爸一次次半夜出去找他的情人，我隱隱地擔憂，也隱隱地感覺不快：媽媽死了沒有幾天，屍骨未寒。當然火化後的媽媽也沒有了屍骨，只留下了一堆灰，也許燒成了灰冷得比較快吧。我沒有問爸爸為什麼這麼快就找到一個他認為是無比溫柔善良的情人，我猜爸爸也給不了一個答案：他經歷了奶奶去世不到三年，又經歷了媽媽的去世，生命是如此脆弱，哪裡禁得起至愛之人接連消失，而且是永遠的消失？他也許不知道怎麼辦了，他沒有辦法從同樣悲傷的兒女身上得到安慰，他就這樣給自己找到了一個虛像。

這還不算，爸爸兩次讓我給他在交友網上註冊，按時間交錢，但是他交錢的時間都不長，都只有一個星期，他是聰明的，在上面找到了別人的聯繫方式後，再在微信和電話裡和別人聊，其中一個聊到就要見面了，讓弟弟給他參考穿什麼衣服，從什麼地方轉車等等細節。但是弟弟把這個女人的資料分析了一下，覺得她可能是個騙子，甚至是傳銷組織裡的一員，爸爸被弟弟說得暈暈乎乎，就打消了去看這個陌生女人的念頭。弟弟說：現在老爸比你還天真。他說的是我，他和我都覺得一個詩人天真一些還是情有可原的，但是一個農村老頭天真就太不應該了。用弟弟的話說：老爸跟你坐了幾次飛機就失重了，他現在也不知道他是姓余的了。當然這話是我們姊弟倆偷偷說的，不敢當著爸爸的面說。弟弟還感歎：媽媽一走，這個家就散了。

是啊，媽媽一走，我和爸爸都束手無策：原來許多事情都不知道怎麼安排怎麼去幹。媽媽在的時候總是把日子捋得順順溜溜，不需要我們操心。爸爸的浪漫也不敢肆意蕩漾，當然浪漫不一定就是不好的，只是在弟弟的眼裡，它還需要節制，弟弟不希望爸爸一不小心把事情搞得無法收場。其實浪漫的事情是最好解決的事情，它總是有一點虛無。人會被虛無緊緊地抓住，但是放棄也是一件容易的事情，畢竟它和現實的生活沒有過多的瓜葛。不好解決的是生活裡實實在在的事情：過春節，該準備什麼菜呢？買多少肉，多少個豬耳朵？爸爸一邊想，一邊用筆記下來。爸爸在媽媽走了以後把他的一部分活成了媽媽的樣子。

但是他不是媽媽，沒有一個人包括他自己會希望他的身上出現媽媽的樣子。我和弟弟討論過，如果媽媽在，她不會去找一個情人，至少不會在這麼短的時間裡去找一個情人，她更多的可能是自怨自艾，她可能更多地沉浸在自設的悲傷裡，但是這同樣沒有意義，無論對誰甚至對她的個人情操都有虛偽的成分。我們對爸爸小小的埋怨其實更多地只是與我自己有關：我們對生命的理解，對兩性的理解和對夫妻實質的理解。我覺得順從內心的事情就是自然的事情，而生命如此渺小，我的爸爸，他也許早就厭倦了和一個人朝夕相對幾十年，他終於可以正當地放任一下自己呼吸新鮮的空氣。

我們對一個人的疼惜而不是對一種關係的疼惜。爸爸也許對幾十年捆綁在一起的男女關係感覺厭倦，如果不是某種厭倦，人怎麼會用疾病來懲罰自己，怎麼會用死亡形成永恆的決裂？我的爸爸，他現在也不過用形單影隻對抗這個曾經和他一起生活了幾十年的女人：沒有了你，我的生命還在繼續，我甚至可以按照我的意願無傷大雅地為非作歹。但是這個男人，他還是沒有足夠的勇氣和他的兒女和世俗的眼光作對。當然他從來就不會想到和什麼人作對，也不和自己作對，他沒有媽媽那麼強：用死亡來懲罰我們，告訴我們她離開以後，我們將面對怎樣的痛楚。

是的，捂著被子不敢哭出來的痛楚。爸爸用了一種戲謔的方式安慰他，也安慰我們。人生難得兩不欠，人生本就兩不欠。四十多年，什麼感情都會用完：愛和怨。喜和愁。誰來安慰我們餘下的日子？除了自己，除了各自保重。

消失的神像

其實我家是沒有神像的，從來沒有。我是說父母從我上初中的時候開始信佛，直到去年不再每個月初一、十五燒香叩頭，我家沒有懸掛過任何佛教裡的偶像圖，包括如來、觀音等等一個也沒有，連尋常人常戴的小件的佛像飾品都沒有，但是我父母的的確確虔誠地燒了二十年香，叩了二十年頭，直到我媽被查出癌症晚期。

這是一個很奇怪的事情不是嗎？人家都是得了病以後才信這個信那個的，但是我父母就很奇怪，他們專心地治病去了，就忘了去求神保佑了。我天生對神祕的事物充滿好奇，雖然無法確定鬼神一定存在，但是我覺得理性的神教是必不可少的。

我曾多次勸我媽，讓她繼續信佛，但是她不聽，她信賴醫生和藥物，根本就不信神了。問她為什麼信了二十年，那二十年間怎麼信了呢？她說：我又不是為我自己信的，我是為你和你弟弟信的。

我卻覺得我媽媽不夠積極，孤注一擲地把命交給醫生和西藥是一種賭博，而賭博本身也是迷信。但是媽媽好像把所有的賭注都押在這上面了，再沒有新的賭資押在其他的地方，也許有時候她更多一份灰心：覺得信了一輩子佛，而佛卻給了她這麼大的一個災難，心裡總是不平衡的。無論如何，我家沒有了香的味道，它那麼神祕地到來，但是如此輕飄地離開了。

但是我總是隱隱約約地感覺：消失的是形式，而神，或者說神性一直存在在那裡，儘管我從來沒有明白的感覺，甚至模糊的啟示，可是我從來沒有懷疑過它的存在。我不知道我是不是對世界對萬物有一份說不清楚的敬畏，我是那麼希望它的存在，哪怕它的存在會有相反的存在對應著，即使影響著我，我也願意它存在的。

小老百姓信神也信得小家碧玉，根本不會有更大的心願訴諸神，以求神的庇佑：比如升官發財，前程似錦。老百姓的心思不會出離生活本身三尺：身體健康，子女平安。如此而已。如我父母般，他們根本不會想到生死輪迴，也不會祈求一個好的死亡，繼而有一個好的輪迴，這些都是生活以外的事情，他們關心不到，也不知道怎麼關心。所以神在心思簡單的人家也只需要簡簡單單地做一些小事情。

當然在神眼裡的小事情，在人的眼裡就是很大的事情了：比如子女的身體、學業，最多還有他們無法明晰的前程。而前程總是在不停的變化裡，不好把握，不好把握的事情也不好祈求於菩薩，所以只有眼前的事情，人看得見的事情神也才會看得見，這樣的事情祈求，才可能看到結果。儘管神給出的結果從來不確切，如同還需要猜測和運算的謎語，所以概率就無法作到百分之百的準確。

父母病急亂投醫，當然也會亂投神。神雖然沒有人的繁衍能力強，不會有人這麼多，但是一些小神也是會時不時地出現，如同不經意就跳出一個網紅一樣。還有就是一些陰陽之氣凝聚得不是地方，形成了人不是人、神不是神的另類存在，而人的眼睛是沒有辦法分辨的，所以就都叫作神了。但是所有的神到最後都會歸屬到一個神，如同所有的河流最後都要奔流到大海一樣，也如同對所有事物的思考最後都是要理解為對生命的思考一樣。

父母開始信了多個神，他們好像在江湖裡尋找誰的內功更高一樣，但是高人從來不會輕易露面，所以我的父母就沒有機會碰上了。最後還是信了佛教，如同游回了大海一樣：所有小神的神像，它的根本教條還是從屬於大神的。如同前一段時間，有人興起了「截句」寫作，似乎想在江湖裡另立門戶，但是歸根結柢它還是詩歌，孫悟空怎麼變化，還是一個猴頭。

他們虔誠地把佛請回了家。我覺得一個人要請神回家，神就已經跟他回了家，如同一個人要表達愛，她其實已經愛了他很久一樣。這個儀式沒有那麼隆重，但是卻很必要。至少在人的心裡是必要的。既然在人的心裡是必要的，所以在神的心裡也應該是必要的了。於是我們家也是有神居住的家了。

我好喜歡那樣的時光：天濛濛亮，他們就起來燒香了，等我起來，香還沒有燒完呢——裊裊地繞來繞去，陽光穿過敞開的堂屋門，鋪一塊金色在屋裡，那香氣就在這金色中間飄飄忽忽，除了廚房裡母親做早飯的聲音，彷彿人間的靜謐此刻全部在這裡。我常常在香案前呆立許久，但是一般不會跪下去，我只是望著香案，和並不存在掛像的神的虛位發呆，我沒有任何心願，也不祈求什麼，我只是安靜地站在那裡，看慢慢消失的香煙，聞經久彌漫的香味。

那時候的神是光明的，是可以大聲對他說出心願也是不怕大聲懺悔的。我以為能夠站在陽光裡的事物都是光明正大、禁得起考驗的，哪怕是小鬼。覺得人生浩渺而且安全，我們怎麼折騰都會在神的手掌心裡，所以人就可以「不害怕，不著急，不要臉」。我想我有這樣的心境是得到了神的啟示的。當然在神的面前，生命的許多悖論我也忘了找祂解釋，比如：我為什麼殘疾？我的殘疾如果是對我的懲罰，為什麼又會得到祂的護佑？這些問題從來不想問祂，祂回答不了的最後都粗魯地歸結於「天機」。

父母殷勤，不間斷地焚香二十多年，到後來，他們怕是也不再祈求祂的保佑，希望祂賜下什麼福氣，只是單純地給祂燒香磕頭了。如同我們愛一個人，開始知道因為什麼而愛上了他，後來愛的原因和理由都消失了，就只剩下愛的本身了，我想這樣的人才更接近神吧，如此說神其實不在家裡的香案上，而實實在在在人的心裡了。

我永遠無法忘記的一個場景是，我的父親焚香以後，端端正正地跪在神的面前，雙手合十，一拜再拜，禱告說：神啊，求你治好我姑娘的病，我願意折壽二十年！我心裡的震動有多大，這是一份讓人窒息的愛，愛得太重，總是讓人不好承受。我知道這人間再也沒有一個人會像我爸爸一樣愛我。這樣的愛也只配在神的面前說出來。

但是現在，他們不再做任何祈禱，在最需要神的時候他們卻不再接近神。但是誰也說不清楚這是怎樣的一種隱祕的關係：也許是在最接近的時候而摒棄了形式。但是這又怎麼可能？我想不清楚，也不會去問，他們無法給我一個答案，而神根本是不需要答案的。但是我感覺到神一直在我心裡，也許心裡有神的人罪過也大，如同沒有愛的人心裡總是裝著對愛的依戀。

想起來，父母信佛教是在奶奶皈依基督教以後。我家很長時間裡一直存在兩個神甚至更多的分神。奶奶信基督教也是因為我，我小時候牙疼，找了個基督教的老奶奶摸了一下，居然好了，奶奶覺得太神奇，馬上皈依了。但是後來父母的佛教奶奶非常不滿意，說除了基督教其他的都是邪教，經常為此和父母吵架，甚至砸了香碗。現在想起來奶奶憤怒的表情還在呢。

但是不管是上帝還是如來佛祖，一直都在笑吟吟地看著她，覺得這個任性的老太太可以犯這些不傷大雅的小錯誤。奶奶是在陽光明媚的中午死去的，非常好的時辰，我以為她的往生一定是美好的。

有時候我看著母親的一頭白髮，覺得生命正一步步回歸它純潔的本來面目。她六十多年的生命不長，但是也是一種經歷。世界太寬廣，我們不可能把所有的事情都經歷一遍，但是我覺得生命存在的過程本來就是一種宗教。

我也覺得，我們曾經做過的任何事情都不會是沒有影響的，佛一定在她的生命裡埋下根鬚，告訴她生病以後要平和。這樣就足夠了。我們對生命長度的要求如何不是另外一條枷鎖呢？

明月團團高樹影

1

天黑下來，公雞就一路溫言細語，把母雞和小雞呼喚著進門。這時候的雞群被夕陽包裹著，羽毛上的光澤溫和、柔順，雞冠的紅透亮，一群雞不緊不慢地走過來，讓看見的人肅然起敬：牠們活得多好啊。

牠們進後門的時候，從夕陽裡出來，身體還有陽光乾燥的熱氣，這讓牠們很滿意，在更加細碎的呢喃裡。進到院子以後，一部分雞進了雞籠，一部分今年的新雞就進了院子南角的一個房間。

這個房間許久沒有清掃了，地下積了一層雞糞，一些蚊蟲在上面嗡著。房間裡擺滿了雜物：一張小木桌，一張大方桌；一個冬天取暖的鐵灶。桌子上、灶上都擺滿了雜七雜八的東西：肥料包，葫蘆瓢，一些廢棄的物件兒等等。靠著西牆，是一張豎起來的木板床，灰色的條紋陰鬱暗沉，床邊豎著床頭架子，一些蛛絲在搖晃著。靠牆的椽子上吊下來兩根繩子，拴著一根竹棍。本來搭衣服的竹棍現在爬滿了蛛絲，破敗的蛛絲網被從南邊窗戶吹進來的風搖曳著，搖搖欲墜。不知道蜘蛛在哪裡，牠也許就等這陳舊的網掉下去，再結一個新的。

一群雞算準了時間，天剛剛黑的時候猶猶豫豫地進去了，牠們還是小心謹慎的，彷彿房間裡還有一個不曾入睡的人。媽媽把晚飯做好後，用一個網子網在門口，免得牠們一早起來，拉得到處都是。

這個房間曾經住著一個人，一個人曾經死在這個房間裡。這個人是我奶奶。

2

二〇一三年的秋天，好天氣持續了一些日子，屋外野菊花氾濫得到處都是。陽光燦爛得一塌糊塗，明亮的院子，溫暖。這些時候，人對這骯髒、蒼白的人生多了一些信任。陽光能夠照著活著的人，人就有了活下去的欲望。

大媽過來看奶奶。大媽年紀大了，突然就溫柔許多，對奶奶忽地多了關心。她問奶奶想吃什麼，奶奶說什麼也不想吃，就想喝水。於是沖了糖水給她喝了。問她還喝不，她說不了，斜靠在床頭。大媽待了一會兒，就走了。

過了一會，我去看她，她還是那個樣子靠在那裡。我想著她昨天夜裡嘀咕了一陣，想必是累了，沒有喊她，就讓她多睡一會兒吧。那個時候，她可能已經死了。她死得讓我根本不知道她已經死了。把中午的飯燒了，我又去看她，她還是那個樣子，我去摸她的手，已經涼了。中午的太陽明晃晃的，我的眼睛也晃。

我衝到屋外，喊大爸，說奶奶死了。大爸說：知道了，馬上過來。再喊爸爸，爸爸說：知道了，馬上回來。我又跑回了她的房間，摸她的手，摸她的臉，知道這個人再不會和我說一句話了，眼淚一下子就湧了出來，彷彿來不及悲傷，眼淚就先到來了。

爸爸媽媽沒有請人給她穿壽衣，他們自己給她擦身體，自己給她穿了。媽媽一邊穿一邊念叨：你乖乖的啊，給你穿好了，路上不冷……奶奶果真把身體軟下來，讓她穿好。

3

從六十歲的時候，奶奶就給自己準備壽衣了，許多講究我都沒有心思去搞清楚，好像衣服的材料是有講究的，內衣應該是棉質的，內衣和外套要一樣長，還有扣子也是有講究的，幾顆幾顆等等。我一直以為死亡是離我很遠的一件事情，所以根本沒有用心記這些事情，也不怪奶奶總說我不孝。

奶奶對衣服挑剔的程度不比那些大明星差。一件新衣服給她，她高興：啊，這衣服真合適，這裁縫多能幹啊。聽著這些話，我們就放心：這回不會錯了吧。但是不過幾天，這件衣服就出毛病了——不是長了一公分，就是粗了一指頭，大部分是她自己改了。

但是年紀大了，總是粗針大線的，並不好看。但是她自己覺得好，就是好的了。

有一年，我給她買了一件短袖，遇見了同樣的遭遇，我就傷心，以後就不給她買衣服了。奶奶的衣服沒有一件是原始的，都是經過她修改的，而且總是修改得不成樣子。爸爸為此發了幾次火，根本沒用。好像衣服到了她手裡不是為了穿的，就是為了讓她改來改去的。

所以她的壽衣也經過了很多次的置換和修改，直到她老糊塗了，想不起來還有壽衣這東西了，才放手。我們就笑：奶奶還是糊塗一點好，給什麼穿什麼。

當一個人給什麼穿什麼的時候，她的生命已經無力。再也看不到她躲在房間裡偷偷改衣服的樣子，那種做賊心虛的光芒把她包裹得像個孩子。

4

人死後是要不停地燒紙錢的，我不知道是什麼意思，難道是為一個靈魂送行？我不知道奶奶的靈魂是在房間裡還是從大門出去了，喧鬧的氣氛裡感覺不到她的存在。爸爸沒想到人死後有許多煩瑣的事情，一時手忙腳亂。我想給弟弟打電話，又怕他正在課堂上，奶奶如果泉下有知一定會怪我：老子死了都不是大事，還有什麼是大事？是啊，那個時間裡，我把死亡看得那麼輕，覺得不必要許多人知道。

過了許久，我還是給弟弟發了信息：婆婆死了。我不說去世，不說她走了，我直愣愣地說她死了。她去了會回，走了也會回，而死是一條單行道。弟弟很快開車回來，埋怨我不早告訴他，因為他回來的時候，奶奶已經入棺。

棺材放在廳屋，並沒有放進堂屋。一口沒有刷油漆的很結實的棺材。奶奶的身體那麼小，放進去如一個小小的嬰兒。

陸陸續續來了許多人。死亡的熱鬧慢慢出來了。奶奶就三個兒子，都六十多、七十的人了，他們肯定是羞於大哭的。奶奶活了九十多歲，已經一點一點把死亡的氣息透露給他們，把他們的悲傷化整為零了。

奶奶還有一個養女，早年走得很親熱。後來奶奶信了基督，姑母信佛，都信得神神道道，奶奶說去姑母家就頭疼生病，因此就慢慢疏遠了。姑母來的時候奶奶已經入棺，她摸著棺材一圈哭了一通，非常好聽的哭腔，這樣的哭腔是不需要眼淚的配合的，我覺得她沒有必要這樣，忍不住笑。

最要緊的事情是請陰陽先生看日子：哪一天入土。奶奶真是無福之人，看的日子就在當天，不能過子時。爸爸還要聯繫車拖她去火化。奶奶生前最害怕火化了，但是還是要被火化，想想她是多麼不情願。

黃昏的時候，棺材重新打開，讓所有的人都看一眼：她不過就是睡著了的樣子，對人生還沒有厭倦之色。

5

我和弟弟讀小學的時候，她六十多歲，接近七十。那時候她就信基督教了。基督教剛剛傳到我們村裡，爸爸媽媽接觸也是因為我的病，當然我的大毛病是治不好的，可是把我牙疼的小毛病給弄好了，奶奶就皈依了基督教，從此一心一意，直到死去。

他們的禱告詞不是書上的，而是讓別人抄在本子上，一段一段的，每一段都有一個名字，比如：吃飯詞、睡覺詞、趕鬼詞、治病詞等等，看上去他們覺得病是病，被鬼摸了是另外一回事情，好像還有一點唯物的想法，但最後都是通過耶穌的神力給治好的。年少的我們並沒有被這給忽悠了，但是面對十字架卻有一種本能的敬畏。

奶奶不識字，所有的禱告詞都是靠別人教。早上起來，我和弟弟做作業，奶奶做飯，她一會兒進來讓我們教她兩句，一會兒進來再教兩句，而她的記憶力特別差，一篇禱告詞不知道要教多少遍呢。奶奶是個特別愛學習的人，每天見縫插針讓我們教她讀禱告詞，好多年都是這樣。我和她睡在一起直到我結婚，所以每天晚上她都纏著我教她讀禱告詞的。

那時候覺得教她讀禱告詞是一件非常痛苦的事情。幾年下來，她學會了兩本，盛極一時的時候，她居然能給村裡的小孩子治病了。這樣模糊的信仰的力量居然可靠了。

6

後來，她的「法力」就少了，也不再給一些頭疼腦熱的小孩子看病，我也沒有了繼續教她讀禱告詞的耐心，她每天早晚跪在十字架前面禱告，年紀大了，跪下去不容易，起來也不容易了，就站著禱告。也許是信教時間太長，有些怠慢和疲憊，她在吃飯的時候也不拱著手念禱告詞了。

不知道什麼時候，她的話就多得讓人厭煩。遇見什麼人都會講：我又把哪個小孩治好了，主又顯神蹟了；主對我們多好啊，你看還有人不信祂，信邪教。她非常反對我媽媽後來信佛教，稱之為邪教。又說：昨天晚上主又在我房間裡發光了，那的確是主發的光，主發的光是白色的，魔鬼發的光是紅色的。開始我們對她講的這些感覺是神奇的，對耶穌肯光臨我們的家充滿了感激，後來聽她說的次數多了，反而不相信她了。奶奶這時候總是很著急：我這麼大年紀會說謊話麼？

這些說完了，就會懷念早年的一段舊事，而且每每回憶起來，就驕傲得眼睛發光：那時候日本鬼子進村了，到處抓壯丁，其實有許多不是真的日本人，許多是偽裝的，爺爺就這樣被抓走了，她回家聽到這個消息，把一歲多一點的大爸一抱就去皮集找日本人要我的爺爺。村裡人都勸她不要去了，日本人可是不講情面的。

但是奶奶說：我當時就橫了一條心，你爺爺不回來，我就跟他一起死。這時候的她是一個偉大的女英雄，好多女人不敢做的事情她做了，這成為她驕傲了一輩子的資本。

奶奶說：我在皮集等到挨晚，碰到了那個管事的了，我一點也不害怕，我想不起來要害怕的了，你大爸那時候可乖巧了，我說，娃給長官敬個禮，他伸起小手就敬了個禮，那個人高興了，問了一些情況，就把你爺爺放回來了。就是說奶奶稀裡糊塗地救了爺爺一條命，但是在我們聽來卻已經是風輕雲淡的事情了。

這件事同樣被她複述了無數遍，奶奶的英雄主義因為過多次數的重複已經面目可憎了。後來我說：奶奶給日本鬼子敬禮，漢奸！奶奶就跳起腳追我：老子是漢奸，還有你爸爸還有你嗎？奶奶那時候的腳力還好，追著我屋前屋後跑，我真的害怕她追上來打我，但是又忍不住笑。

7

抬棺材上靈車的時候，按規矩，爸爸應該給每一個抬的人下跪，但是鄉里鄉親，這樣的禮節就變更了一下：變成了他給每個人行作揖禮，但是他的單膝彎曲，在每個人的面前蹲一下，那樣子讓人心疼，頭上的孝巾長長地垂著，讓他整個人顯得比平時小了。

去火葬場的人不多，我們在家等著，等她回來入土。我想像不出她小小的身體被送進熔爐的樣子，那時候她的靈魂會看著她的肉體一點點化為灰燼的過程嗎？她會埋怨子孫沒有按照她的心意不火化她的身體嗎？或者歎息一聲：我這個老太婆是強不過你們的，燒就燒吧，反正我不曉得疼了。

她真不曉得疼了嗎？

我們在小路上等他們回來。夜黑得很，但是許多人的聲音交織在一處，連悲傷都變得模糊了。爸爸把她從車上抱下來，是一個小小的骨灰盒了。我沒有抱過，但是一定輕，輕得讓你找不到用多大的力氣去接。她如同一個孩子躺在爸爸的懷裡。

還是把骨灰盒放進了棺材，如同一個小人走進了一間大房子，空蕩蕩的，她不知道往哪個角落站。她一定有一些惶恐有一些不適應，只是她想呼喚的時候再也找不到一個人。

棺材放下去，土填進去，一個人從這個世界上徹底消失。還是沒有風。黑聚集在周圍，一點兒也散不開。有一些土是落在我們心裡的，哽住呼吸，哭不出來。

8

在我更小的時候，奶奶和媽媽經常吵架，但是無論怎麼吵，奶奶依舊心疼勞累的媽媽，媽媽每年都給奶奶做新衣服。常常想，如果她們不遇見彼此該是寂寞的吧。媽媽伶牙俐齒，常常刻薄到奶奶自以為輸，於是拿頭撞牆，這是小時候的記憶裡最可怕的一幕。吵過了，媽媽或者奶奶睡幾天，睡到沒意思了，也沒指望了，爬起來，密密匝匝地過日子。當她們年紀大了，還是吵架，但是沒有以前那麼認真了。

奶奶的房間掛十字架，媽媽信佛以後，堂屋裡就擺個香爐，每個月初一、十五燒香。奶奶固執地以為佛教是邪教，影響了她，有一次就把香爐摔碎了，奶奶的十字架也被撕下來。但是媽媽還是燒香，奶奶還是禱告。她們的信仰都在心裡。

最有意思的一件事情是：爸爸為了檢驗他買的膠水是不是管用，就把一個碗黏在香案上，奶奶偶然看見了，想拿碗去幹什麼，結果怎麼拿也拿不動。這可把奶奶嚇得夠嗆，說堂屋裡有鬼氣，從此有什麼事情需要來堂屋都是匆匆忙忙的，害怕碰到什麼鬼。這件事情我們笑了好久，至今講起來也笑個不停。

還有一件事情是，爸爸買農藥回來掛在堂屋前的梁上，奶奶進堂屋看見一次，出來又看見一次，心裡就不痛快了，對我說：你看看你爸爸，買農藥回來掛在那裡，就是想讓我喝噻，哼，老子就是不喝，活著戳你們的眼睛。我們又笑了好久。不過奶奶年紀大了，睡一覺就什麼都忘記了，爸爸把農藥收起來，她就想不起來了。

9

她活著的時候，我覺得她很煩，還時不時冤枉我一些事情。這個爭強好勝的老太婆對誰都不會示弱服軟，不管多親的人都要爭個輸贏，甚至不惜把自己傷害，我對她在一段時間裡有些厭倦了，想著她死了也許真是一種解脫，後來她就真的死了，我幾乎來不及仔細想她會死的時候，她就真的死了。

她死了以後，那個房間裡的燈亮了四十九天，這是長明燈啊，為她黃泉路上照亮。我經常進去她的房間，喊她：婆婆，婆婆！但是我出來沒有感覺到她的存在，這讓我真正恐懼。她究竟對我有多寒心，所以根本不回一下頭。

在她房間裡坐著，想她如果還在，哪怕天天吵架也是好的啊。這個人走了，這間房子空了，這個人在一個人心頭的位置也空了，而且沒有任何別的東西可以填充。你想哭，卻覺得矯情。

如果今天我告訴她：奶奶，我上電視了，上了好多好多電視。奶奶一定會斜著眼睛看我：就你，還上電視？你話說得清楚嗎？

人與狗，俱不在

那時候的黃昏無論從哪個角度看去，都不同於現在的黃昏。那時候家門口的草木蔥鬱，而且是年輕的蔥鬱。即使現在，那些草木依然存活著，即使它們在又一年的春風裡發出新枝，這新枝和從前一樣讓我屈服於對又一個春天無端的熱愛和對生命沒有根由的輕薄的熱忱，但是我的心肯定不會給我沉醉的機會：輪迴的利刺就在唇邊，不會讓你的熱忱違背你的心。

生命從蒼翠到衰老，這是一個不顯山露水的過程，如同溫水煮青蛙，當你發覺到疼的時候，青春已經遠遠地把你拋在身後了。當然我們必須屈服於這樣的過程，掙扎顯得可愛或者大義凜然，但是對已經形成的事實毫無益處。而且我家門口已經不是舊時的模樣，它的改變一般都是一夜之間的。當你清晨起來看見已經改變的模樣，除了一聲哀歎，就是接受。而且你會發現已經存在的事情比預想裡存在的事情讓人接受得快。

我在我家附近再也找不到舊時的樣子，更別說童年，那是上輩子的事情了。時間在一個人的回憶裡好像比它本身變得悠長。回憶改變了時間原來的速度，也跟著改變了一些人在這個世界上存在的方式，這真是一件奇妙的事情。也許，時間在宇宙裡並不是長度一樣的，它也許在不同的事物裡有著不同的尺規。甚至我們有時候偷偷往回帶了幾分鐘或者幾個小時，我們對這件事的疑心從來就不大，所以宇宙維持了它一貫的次序。

我的奶奶從來就不會在意時間的問題，現在時間把她放在了另外一個維度裡，也許她忙著和一些舊人聊著生前死後事，根本騰不出時間來思考時間的事情，時間讓人死去，但是死亡卻不是時間的事情。當然人死了以後還會不會有時間的存在？如果是沒有時間存在的永恆是不是更加讓人恐懼？我相信天堂和地獄一樣會叫人厭煩，我相信永恆發生在一個人身上是宇宙裡最不幸的事情。

所以我奶奶在九十二歲的時候放棄了活著的永恆。她騰出了她的房間，騰出了短暫的空間，但是很快，這樣的空就被別的事物填滿了，彷彿空間從來沒有被撕裂的痕跡。奶奶死的時候我沒有特別地悲傷，九十二年的塵世之身已經足夠讓人羨慕了。有多少人來不及品嘗足夠的悲傷就夭折在路上：上天的安排有時候總是那麼不合理。但是我悲傷於她騰出的空間被填滿的速度：是什麼如此急切地把她的訊息從這個世界上抹去？

我常常對著她空蕩蕩的房間。我實在希望一個我害怕的不明就裡的影子從那個門口一閃而過，但是從來沒有，甚至在我悲傷絕望的時候都沒有出現過這樣的幻覺。我被許多東西欺騙了：我曾經不捨晝夜在鬼片裡尋找的線索沒有給我任何啟示。那些死了的人就那麼狠心地一口喝下孟婆湯，從不回頭看看他們留在人間的愛恨麼？

奶奶死前許多年，家裡養了一條狗，灰白的，很凶。牠不喜歡叫，是個實幹家：人來了也不叫喚，躡手躡腳地走到別人身後，咬一口就跑，像一個專門搞偷襲的小人。於是來我家的人都格外小心，左顧右盼，生怕一不小心就被牠算計了。父親很擔心牠傷人，總想把牠賣了，但是終是不忍心，一直到牠很老，對偷襲這件事不感興趣了。

狗的時間和人的時間又是不一樣的。狗比人老得快得多。我們無法知道上帝安排在萬物上的時間，哪一個是最公平的，也許上帝也是經過了我們的同意，如同一個賣保險的，聽他說得天花亂墜，似乎合情合理，最後買了，卻發現上當了。當然人和上帝玩心計，完全是雞蛋碰石頭。

所以狗老的時候，奶奶還沒有老眼昏花。狗在奶奶的餵養下長大，卻比奶奶老得快。當然奶奶不知道時間在狗的身上跑得快，她以為許多時候狗在糊弄她：比如黃昏的時候，奶奶端了一碗剩飯去餵牠，一時看不到牠的身影，就「狗——嗚——，狗——嗚——」地喚牠。喚了半天還不見牠的影子，奶奶就著急了，擔心打狗的人把牠打走了，於是四處去找。

奶奶以為需要花很長時間走很遠的路去找，但是出大門不遠，就看見牠暖洋洋地趴在草叢上。奶奶一下子就被激怒了，因為牠在這個地方不需要費一點力氣就可以聽見奶奶的叫喚，但是牠居然裝聾作啞完全不理會奶奶的叫喚。奶奶的尊嚴居然被一隻狗挑釁，於是她氣急敗壞。想著人老了連狗都不放在眼裡了，於是憤怒之中又多了一些悲傷。於是她對牠咆哮：你這死狗，這麼近你聽不見嗎？我是叫你吃飯，又不是讓你幹別的。

狗這才抬起頭看看奶奶，實在不忍心這個老太婆太傷心，於是伸伸懶腰，起來跟著奶奶走回家。奶奶看牠跟她回來了，也就不計較牠的傲慢無禮了。

很多個黃昏，奶奶喚狗的聲音在空氣裡顫抖。她的聲音嘶啞、粗糲，聽起來總是怒氣衝衝。奶奶也用這樣的聲音喊父親，父親偶爾就抱怨：像打破鑼！但是奶奶才不管打什麼鑼，只要能把人和狗都喚回來。

後來狗不見了。奶奶連續喚了幾天都不見牠回來。奶奶就怒氣衝衝地說：準是被人打走了，牠那懶洋洋的樣子遲早是要被人打走的。過了一段時間，她就把這條狗忘記了，好像狗陪伴她的那麼長的時間也被忘記了。奶奶的年紀已經不會為突然的失去而悲傷了。也許這樣的失去在一個人的生命裡多了就會是尋常。

又過了許多年，奶奶去世。她去世的時候是中午，陽光燦爛。

幾年過去了，我從來不矯情地想起她。清明節在她墳頭給她磕頭的時候，我總是要問她：婆婆，我是你孫女，你還認得我麼？

陽光燦爛。遠處不知道誰家的狗在叫。

奶奶的兩周年

他們昨天就在準備了。如果不是這樣的提醒，我是想不起來這樣一個微微不一樣的日子了，不過她今年生日的那天我想起來了，也提醒父親去給她燒了紙錢。這個固執的老太婆，一定是記著生前我與她的打打鬧鬧，從來不給我一個夢，不讓我知道她現在在哪裡，想想，猶有些怨她，不過兩年過去，這怨也就少了，當然想起她，流淚也少了，她與我肯定是走遠了。她是否以這樣的方式告訴我：不必挽留？

我在房間裡打電話的時候，姑媽進門了，父親說她這幾天不停打電話提醒這個日子。姑媽不是奶奶親生的，她能夠這樣，想來奶奶也會感覺溫暖了吧。電話久久無法結束：九零後的小導演反反覆覆和我商量演講的台詞，我有一些不耐煩，不過他清脆的聲音讓我不忍掛電話。

電話結束，他們已經在院子裡曬了好一會兒的太陽了。今天的陽光特別好，一掃接連幾日的陰霾和寒冷。我想她的墳頭那些土塊也已經乾爽了，土塊上的枯草也乾爽了，忘卻了它們身下睡著的一個人。確切地說是一堆灰。陽光好的時候，陰陽兩界也分明起來，不知道奶奶會不會貪戀這樣的陽光，像活著時候的那樣，搬一個小板凳坐在一小塊陽光裡打瞌睡？也許人死了，是害怕陽光的呢，只能眼巴巴地看著陽光，喃喃自語：人死了，就是不一樣了，就是不一樣了呢。

出去和姑媽打招呼，說起我現在經歷的一些事情，她自然是要勸慰的，以她七十歲的經驗。而我總是用她以為的「歪理邪說」讓她哭笑不得，也讓她無話可說。她說我現在的日子好了，云云。我自然無法和她說清楚生活裡的許多道理，而且這些道理也是沒有必要對一個人說清楚。我只要她是我的姑媽就好了。我只要世俗的生活裡這一生和她的情緣就好。

陽光越發蓬勃起來，把她暗紅的襖子照得熱氣騰騰，把她的臉也曬得熱氣騰騰，大姊和大姊夫這時候進來了，大爸和二爸也來了，奶奶一定在一個我們沒有留意到的角落裡暗暗點頭：嗯，該來的都來了，不枉我把他們拉扯成人。

父親準備中飯的時候，還看了一會手機，他玩微信上癮了，不自覺裡訂了許多公眾號，他甚至還不知道公眾號是什麼，就是喜歡那些精巧的小笑話、小語言。母親又把他「詐」了一遍，母親詐他，他一般不予理會，實在逼急了就回幾句。大姊去廚房裡幫忙，姊夫在院子裡玩手機，姑媽他們幾個去看我家旁邊的新農村建設了，人們的臉上都有喜色，因為陽光這麼好。

中飯做得不錯，我們吃得很開心。我吃到了今年以來最好的一頓蒸肉，甚至多吃了一碗飯，奶奶如果知道，一定會說我不孝順她了，在她的忌日裡居然吃得比平常多。我也一定會像從前那樣回答她：你又沒有託夢給我讓我少吃一點。她呢，一定會罵我：你不孝順我，你沒良心，你沒有好下場……

下午最要緊的一件事情是寫「紙盒」，就是用白紙包了紙錢或者鈔票，一包一包的，如同結婚時候給孩子的紅包，不過是用白紙包的。大概陰間只收白包不收紅包的，其實我覺得紅包更好。他們包了一些，但是沒有去年她一周年的時候包得多，因為今天來的人也沒有去年來的人多，這是根據誰來誰寫的原則。

父親提筆要寫的時候，突然忘記了寫的格式。打電話給了幾個人，才搞清楚怎麼寫的。他寫的時候，我們都在院子裡聊天，父親總是要插話的，一插話就忘記了下一個該寫誰了，母親就詐他，說他做事情三心二意，父親嘿嘿笑兩聲，接著寫。但是過不了多久，他又插話，又忘了下一個該寫誰，母親就又詐他。姑媽也讓他好好寫，不要聽他們說話。說父親從小就吊兒郎當的，每次上學經過她家都要在她門上留幾個字：姊姊，我來過了。但是姑媽不認識字，而父親每一次還是這樣告訴她：他去過她家了。姑媽這樣說的時候，父親也是嘿嘿笑著，忘了這個兒媳婦的名字，忘了那個兒媳婦的名字。

其實就和我們寫信一樣，寫上誰收，誰寄。誰寄是表示哪個親人來看過她了，一些沒有來的也可以被代表一下，如同趕人情時，沒有時間去，讓人把湊份子的錢帶去了。母親囑咐父親多寫幾個，也是為了給奶奶多一些安慰，表示許多人來看過她了。我看著父親寫得吃力，說讓他只寫奶奶的名字，她能夠收到就可以了。母親在一邊說：我死了，你就只寫我的名字吧？我說：你得給我託夢，看能不能收到。母親指著我對姑媽說：你看看她。

小花在台階上曬太陽，不時搧動一下耳朵，直直地看著自己身上掉下來的幾根毛在陽光裡旋轉，牠的鼻子一呵氣，那毛就又旋轉著上升。小貓貓在牠的面前，一副隨時調戲牠的模樣，但是小花不為所動，只與自己玩。後來牠一起身，小貓就嚇跑了。

紙盒寫好以後，就在我們屋後的竹林祭了，並沒有去奶奶的墳頭。陰間也應該有銀行，有郵局的，所以不管在哪裡寄，她都能收到的。寫了半天的紙盒化成一堆灰，在風裡飄舞得四處都是。我沒有感覺到奶奶的出現，也許她不過是坐在家裡，等待郵差上門。奶奶不認識字，別人誑她，她也是不知道的吧。大姊說奶奶前幾天給她託夢了，也許奶奶缺錢花了，也許她和生前一樣，即使有錢也捨不得花，總是攢起來，然後再找我們要錢吧。

一堆灰在風裡飄散了，我在床上看電影，看了一個開頭就睡著了，還是沒有夢見她。她也許正忙著清點並不多的紙錢呢。

肆

讓我們關上房門，穿好衣服

其實，睡你和被你睡是不一樣的

當時，我是一個比較年輕的農婦，頑皮地寫了一首〈穿過大半個中國去睡你〉放在我的博客裡，那時候我的博客可謂門可羅雀，有時候半隻雀都落不了，反正一片森然的孤寂。我把這首詩放在博客裡，想著能不能引來幾個好色之徒，增加一點點點擊量，讓我自娛自樂一下。

咦，果然，這一篇的點擊量比較高。一些狂熱的希望被睡者大聲叫好，可惜博客裡面沒有打賞功能，要不說不定在那個高峰期還能撈回一點電費。當然錢是身外之物，我哭著喊著，它也不願意長到我身上來。還有一些羞澀含蓄的就一飄而過了，他們暗地裡去辦我說著的事情了，只留下一些沒有能力睡的在我這裡冒充道德君子。

孔子曰：食色，性也。孔子是中國文化的根基，他老人家說的話就算不是聖旨，也可以當令箭。當然我既不需要聖旨，也不需要令箭，世界上人太多了，他可沒時間管我。就算他某一天閒著沒事想管我了，可能我剛好魂不守舍聽不進去，仁慈的老人也未必和我斤斤計較。

當然我也沒有任何野心想把孔夫子的理論發揚光大。我只是冒冒失失地撞到孔子的槍口上了，好吧，「要死就死在你手裡」，我已經作好了為我們偉大的國粹獻身的準備。所以我比諸葛亮的草船收的箭還多，結果發現那些箭都是紙做的。事實告訴我們：如果不被嚇死，人是不那麼容易死掉的。

當然我的名聲就不好啦，「蕩婦詩人」四個字在網上飄啊飄，天空飄來四個字，你敢不當回事兒？可是這四個字真正與我沒有半毛錢的關係。我除了會盪秋千，還會盪雙槳，如果實在沒有飯吃了，也會當內褲。更重要的是我愧對「蕩婦」這個稱謂，一想到蕩婦，就想到眼含秋波，腰似楊柳，在我面前款款而來。（想到詩人陳先發寫詩歌極喜歡寫到柳樹，他可能喜歡蕩漾的模樣。）而我這個中年婦女，腰都硬了，還怎麼去蕩呢，說起來都是淚啊。

好吧，蕩婦就蕩婦，我從堂屋蕩到廚房，從廚房蕩到廁所。後來一不小心就蕩到了北京、廣州等地，我寂寞地蕩來蕩去，警察看見了問都不問，我愛祖國如此和平。

說了這麼多，還沒有說到正題，如同一些年紀大的傢伙，辦事之前要熱身半天，黃花菜涼了也沒用。

「其實，睡你和被你睡是差不多的，無非是兩具肉體碰撞的力，無非是這力催開的花朵，無非是這花朵虛擬出的春天讓我們誤以為春天被重新打開。」我知道這一節我寫得比較好，幾個排比把我要的意境打開了。當然我根本不知道我真正需要什麼樣的意境，反正愛情來了，花就開了，花一開，春天就來了。多俗氣啊，但是在愛情面前，你不俗氣該怎麼辦？你不俗氣對得起愛情嗎？你不俗氣會睡嗎？你不睡愛情怎麼玩完？你不玩完你怎麼配得上俗氣？所以後來我又寫了：「熟爛的春天需要無端地熱愛。」春天如同一個厚顏無恥的叫花子，他按時到來，他這麼準時，你都不好意思不打賞他。

但是，問題來了，這幾天我在打穀場上散步的時候，（我偶爾也小跑一下。我小跑的時候，除了腰太粗蕩不動，其他的地方都在蕩。有時候想起龔學敏老師說她的乳房那個蕩，我就很羞怯，當然更多的是想讚美這個被我們用壞了的世界，我覺得龔學敏老師是可以修復這個世界的人。）哦，我在打穀場上轉圈的時候，忽然想起我的這句：「其實睡你和被你睡是差不多的。」

想多了，我就知道這句話是不對的。我一下子原諒了那些用豬腦子豬嘴罵我的人，他們雖然是豬腦，但是卻對了百分之一。我有給他們發紅包的衝動了。為什麼呢，因為我錯了，因為睡你和被你睡是完全不一樣的！當然結果差不多，就是兩個人滾了床單後，各回各家各找各媽，當然也可以找他老婆。

睡你，是我主動，我在愛情和生理上有主動權。（如果把這裡的愛情理解為性衝動，我也沒有意見，反正我習慣了做一個善良的人。）至於你讓不讓睡和我沒有什麼關係，如果你是一個中年男人，我會毫不客氣地聯想一下你的身體情況。原來我一直不理解沈睿為什麼把這首詩扯到女權主義，現在我終於明白了。

其實，優雅一點說，是我們在生活裡積極的態度，一個女人能夠主動去追男人，她的生命力一定是蓬勃旺盛的，她在其他方面也會積極主動，這是我喜歡的一種人生態度，儘管許多時候我很消極，我對人生沒有過多的期待和熱情。一方面我成熟了，但是更大的可能是我怕了，我的熱情撐不起自己犯錯誤的膽量了。

而被睡，就是放棄了主動，暗含無奈地迎合。我不喜歡這樣，我不喜歡不明朗的、我把握不了的事情。睡是一種追尋的過程，而被睡隱匿著逃逸。這主動和被動的關係完全是不一樣的。男人為什麼喜歡主動，因為他們把控自己的能力更差一點，他們的生理會面對許多實際問題，他們必須隱藏自己的心虛。所以，一個女人如果主動說要去睡他們，他們肯定是害怕的，所以一個想睡男人的女人是不會被歡迎的。

當然睡不睡，並不影響結果，也與感情關係不大。如果一個男人睡了你，你就想他對你負責，只能說你太狹隘了，我們的身體我們自己負責，誰也別想自作多情來管我們。如果你自己都不想對自己的身體負責，男人憑什麼為你負責。

以上這些文字，如果我在哪裡誤導了你，反正我不對此負責。

瘋狂的愛更像一種絕望

穿過大半個中國去睡你

其實，睡你和被你睡是差不多的，無非是
兩具肉體碰撞的力，無非是這力催開的花朵
無非是這花朵虛擬出的春天讓我們誤以為生命被重新打開
大半個中國，什麼都在發生：火山在噴，河流在枯

一些不被關心的政治犯和流民
一路在槍口的麋鹿和丹頂鶴

我是穿過槍林彈雨去睡你
我是把無數的黑夜摁進一個黎明去睡你
我是無數個我奔跑成一個我去睡你
當然我也會被一些蝴蝶帶入歧途
把一些讚美當成春天
把一個和橫店類似的村莊當成故鄉

而它們
都是我去睡你必不可少的理由

寫這首詩，而且重釋，有一種淡淡的厚顏無恥的感覺。好在我厚顏無恥慣了，這樣的羞愧已經不能對我脆薄的靈魂造成損傷（如果我真的有靈魂的話）。彷彿這一段時間，我更願意說到靈魂這個虛無的詞了，有一種缺什麼補什麼的感覺。詩人們願意說到靈魂，同時又不齒於說到這個詞，如同被用壞了的「愛情」一樣。

又是一個安靜的夜晚，院子裡只有劈里啪啦的落雨聲，雨與雨之間是浩渺深邃的黑暗，因為雨滴的存在，這黑暗更像深淵一樣，我開著燈的房間不知道是深居其裡，還是螢火蟲一般與黑暗擦出的火光，我沒有辦法確定。如同一個人長久的孤獨裡分不清自己是死了還是活著。可是我又如此熱愛這樣的時刻，熱愛到一種偏執：打開電腦裡乾淨的文檔，文字一個接一個跳上去，我就獲得了幸福。

我終於明白：幸福是一種自己確確實實可以得到而且不那麼容易就失去的東西。我感謝自己有能力獲得這樣的幸福。

我一直說自己是一個沒有故事的女人，但是看起來彷彿經過了許多事情，這樣的女人其實很可悲：因為她們都是自己設計給自己的劇情，沒有細節，似是而非。而這樣的女人一直在坎坷的寂寞裡無法自拔，如果有人點破，說不定還會惱羞成怒。

也是在別人點評我的詩歌的文字裡看到的一個故事：一個人在網路上寫文章，一篇又一篇，寫的都是她在什麼地方旅遊的故事，文字優美，寫得詳盡，獲得不少好評。但是後來有人指出她寫的不對。那個景點不是她寫的那樣，即：她文字的介紹出了原則性的錯誤，是她優美的文筆忽悠不過去的，但是她死不承認，非得說那個景點就是她寫的那樣，於是就有了辯論，有了爭吵，甚至更嚴重地互相攻擊。本來看上去很好的一件事情演變成了一場狗血事件。

後來，有知情人爆料：她是一個重殘人士，根本不可能去那麼多的地方旅行，她所寫的都是通過網上的資料再加入了自己的臆想。而自己的臆想再強大，也不可能天衣無縫，一定會有出紕漏的時候。我不知道她在什麼關鍵的地方疏忽了，以致引起了如此嚴重的後果，更要命的是，她還死不認錯，還要和真正去過那些地方的人死磕。我不明白，一顆自尊心在自己都無法確定真偽的時候還能夠如此強大。

這個故事在我心裡盤桓了好幾天，我想起自己曾經和別人在網上吵架的日子：沒有一件事情是因為虛擬的沒有根據的。從某種意義上說，我是現實主義者，我對虛構的事物沒有好感，但是我也覺得自己是理解她的——她被自己的身體困在一個地方無法動彈，她太渴望出去走一走，看一看外面的世界了，於是她把一個個虛像擺在了自己的面前，糊弄一下自己渴望自由的心。我覺得心疼，但是又不想心疼她。如果她想像的景點裡有許多人造的，這樣的心疼就更斑駁了。

此刻，雨下得小了一些，漫不經心地打在一個什麼物件上，濺起的夜色彷彿也輕了一點，當然這是聲音帶給我的錯覺：夜色應該在加深，如同人生裡慢慢在堆積的疾患。我們每一個人都頭頂好幾頓的夜色，它們此刻尚且懸掛著，在我們需要的時候會沉重地落下來，把我們壓進泥土，讓塵世留一處空白。

我的心一直恍惚。但是每一種恍惚我都覺得應該存在：比如我現在覺得我不要愛情也可以順順當當地生活，但是這未必不是一種心老而人也老去的提醒。到了這個時候，就恨自己風流得不夠，就恨自己沒有本事繼續那樣的風流。我在自己塵世的欲望裡左右為難：我不知道怎樣才算對自己更合理的交代，因為這一直沒有合理過的生命有許多時候總是讓我羞愧。

那時候，我急切地想要愛情，與其說是愛情，不如說是一種偏執的證明。有許許多事物已經證明了我的存在，可是如果沒有愛情的進一步證明，我對已有的證明依舊懷疑。現在想起來，我是在與自己較勁：世界讓你到來就已經是一種應許，而我為什麼一直對這樣的應許不停懷疑，必須在我自己的身上打開一條血肉模糊的道路才能證明證明本身的效果？

也許那個時候，在婚姻的捆綁之下，我天生的反骨一直在隱隱作痛。我想要愛情，我想要一個確確實實的人把我拖出懷疑的泥沼，就是說：我想要一場虛境來戳破本身已經存在的虛境，我要疼就往死裡疼，我要毀滅就萬劫不復。命運一開始就把我放在一望無際的沼澤裡，我的掙扎不過是上帝眼裡的笑話，而這樣的笑話又不得不鬧出來。

而此刻，又一個夜晚，萬物沉默的時候，回想起穿過大半個中國去睡誰的決心已經擱置了起來。我恨我自己這麼快就喪失了這樣的決心，我也恨我月光一般的靈魂到如今還沒有被侵犯。

我虛擬出一個愛人，他在很遠很遠的地方，平時的時候我不會想到他，但是有一天我告訴他我去看他他就會歡喜。他身材高大，有落腮鬍子，但是平時都刮得很乾淨。他的手掌很大，如果和我握手，一定會把我的骨頭捏疼。他不大喜歡擁抱，但是如果看見我風塵僕僕地去看他，一定會心疼地摟過我的肩膀。

但是更重要的是這個人必須有這樣的魅力：讓我不顧一切去愛他，讓我千辛萬苦奔赴他就是為了交出我自己都捨不得老去的肉體。儘管我知道肉體的融合並不能證明愛情的存在而且也不能加深愛情，但是我已經無能為力，只有這樣，我才能在我自己的心裡證明：我在沒有保留地愛你。這樣不是為了感動你，你的孤獨對我是沒有意義的，我只是為了讚美世界上有一個如此美好的你的存在。

而愛情，無論在誰的身上都是渺小的，但是人在它的面前會更渺小。這樣的渺小讓我絕望，這樣的絕望又會形成我的直截了當。是的，我可以去看你一千次一萬次，我可以優雅而不動聲色地和你談一輩子戀愛，但是命運無常，我生怕它吝嗇這樣的美意，讓我走失在半路上，那樣我會憎恨我的肉體，如果它從來不曾給過你。

當我如此愛一個人的時候，我並不知道錯誤已經形成。所謂的錯誤就是原本可以美好的事物沒有找到美好的途徑，而這個途徑我明白我是找不到的，我甚至害怕找到，這樣的不自信是一種虛無的自我保護。但是一個人是不願意被長久地保護的，哪怕是自我保護。我得找到便捷的方式讓自己在這樣的保護裡透一口氣。

我曾經模糊而戲謔地喜歡一兩個也許更多的男詩人，當然也許我會對女詩人更傾心，只是我自己沒有發現而已。我們常常在一起嬉鬧，我一直抱歉自己教壞了一群可愛的人：當他們優雅端莊說話的時候，往往是我一句話就破壞了那樣的優雅，這些話裡當然包括：去睡你！如果我實在難過，就會說：老娘去睡你。

那時候我喜歡的一個男詩人被一個漂亮而年輕的女詩人「挖了牆角」（當然到現在我也無法肯定這個事情的真實性，也無法肯定我喜歡他的真實性，我悲哀地發現我喜歡的男人都俗不可耐，我更悲哀地發現我無法打破這個咒語）。我不知道該去埋怨誰，最後還是恨我自己，恨我自己的醜陋和殘疾，這樣的迴圈讓我在塵世裡悲哀行走：一個個俗不可耐的男人都無法喜歡我，真是失敗。

於是另外一個男詩人應運而來。後來我開玩笑說：你看我多麼愛你，那麼多人問我想睡誰，我都沒有把你給抖摟出來。現在想想倒是我對不起他，沒讓他和我一起出名。真正的原因可能是我想睡他也不過說說而已，這感情到後來就不戲謔了，變得很珍貴，現在我是他遠方的妹妹，他是我親人，還沒有見面，也不想見面。

我想說的是，到我真正相信他的時候，去睡你那首詩已經火了，可是它真的與任何人沒有關係，包括我自己，我真的很失望。

我真的很希望世界上有一個人讓我奮不顧身去睡他。

人性的下流才是人民的下流

我一直想看《金梅瓶》的原著，但是去了幾次書店，貴得很。又礙於一個女人買「黃色」書，怕落外人笑話，竟過了這麼多年，還沒有一睹心中的「真神」。說來說去，無非裡面對性描寫得直接、裸露，用我的眼光看，說它下流也不為過。當然「下流」沒有一定的標準，性的下流不過是小兒科，人性的下流才是人民的下流。但是我想一本書的源遠流長絕對與它的「低俗」無關，它裡面一定有別樣的東西或氣質。所有的一切都在我的猜測之中，它就有了幾分神祕。

承蒙吳大作家所贈，送我這本《新說金梅瓶》，也感謝吳大作家給我的留墨和鼓勵。通過他的書，我對這個故事的來龍去脈有了一個初步的，也是很清晰的了解了，所以我就瞎說一點我的想法和感受。

首先說一個作家寫一本書一定是帶有個人的觀點的。個人的觀點直接主宰了這本書的價值導向，吳作家是把它放在經濟學的框架裡，所有的人際交往的目的是為了「賺錢」這一宗旨，把人物性格分析得淋漓盡致，毫不留情。其實把《金瓶梅》放在經濟學的框架裡，同樣出色。當然《紅樓夢》同樣也可以放在經濟學的框架裡，不要情感和人情的解析，有血淋淋的痛快和好看。由此想到吳作家改行做生意一定擊敗比爾．蓋茲的。當然事實也就如此，西門慶的原始積累完全依靠女人，沒有他一個個老婆，就沒有他的發跡。當然這也得靠運氣不是嗎？你再有能耐，沒有女人纏你，你怎麼辦？所以西門慶是一個走狗屎運的人。什麼樣的人會走狗屎運呢？

一、生得瀟灑。西門慶絕對是一個美男子。而「美」絕對是有用的，現在人說美男子是繡花枕頭，有一點吃不到葡萄的味道。當然美人都是危險品，這個也沒有爭議，但在這裡不在討論之列。

二、保持一貫的優雅。這樣的優雅多半是虛偽的，有目的的，但是時間長了，就可能達到目的。不過我看出了西門慶也的確是一個不錯的男人，他的優雅也不是裝出來的。在歷史裡，他是一個反面人物，但是反面人物身上還是有優點的，否則，他不可能成為「人物」。

我不想說作品的本身，也不說西門慶這個人。我就說潘金蓮。

潘金蓮是一個耳熟能詳的淫婦，所以這個女人一直站在人們的口水裡，死了也不得安身。然而她是不是真正的「淫」呢？書裡也明確交代了當時的社會風氣——男盜女娼已經成為社會的主流，那是一個精神散落的空檔期，作為一個社會最底層的女子，她不可能想到別的，吳作家一針見血地指出：她所做的一切就是為了生存。是啊，一個人如果連生存都無法持續，還談什麼尊嚴？意義何在？在那個男尊女卑的時代裡，她怎麼可能一如現代的女子有一份正當的職業養活自己？不能！所以只能依附男人，所以男人就不把女人當人，西門慶娶了六個老婆，還在外面閱人無數。

潘金蓮本是一般大戶人家的丫鬟，生得極其美豔，於是男主人想占有她——這不是輕而易舉的事情嗎？她有反抗的能力和資本嗎？沒有！但是女主人發現了，男主人懼內，又不想失去潘金蓮，於是把她嫁給了租住在他家裡的武大郎。看看，男人的陰暗心理，是不是比風月場裡女人的身體骯髒多了呢？

武大郎配得上潘金蓮嗎？有才？有貌？有愛心？一樣也沒有！想一想她的命運，我覺得心疼，她沒有能力為自己作主啊。而武大郎和潘金蓮之所以能夠走進歷史舞台，無非因為武松！打虎英雄，又去了梁山反朝廷，樣樣大事情。牛逼得不得了啊。如果沒有武松，他武大郎算個什麼東西？而潘金蓮又怎麼可能被人閒話千年？

嫁給了武大郎，她會開心嗎？而且時刻要應付男主人，時刻被兩個猥瑣的男人揉捏，她會快樂嗎？也許她無法說出內心的感受，也沒有地方申訴自己的彷徨無助。

於是西門慶出現了，西門慶主動進攻，遇到這樣的情況，沒有人不動搖的，因為她的貞操已經被剝奪得一點不剩了，而為了武大郎守什麼貞操已經很可笑了。一個人的貞操在有人珍惜的時候才是有價值的，而被浪費的貞操無非就是一個笑話。

於是兩相比較：

一、西門慶帥，武大郎就不說了。

二、西門慶有錢，武大郎賣燒餅的。

三、在性方面，西門慶的經驗可以打倒一百個武大郎。

感情的天平很快傾斜。幾經周折，她嫁給了西門慶做了五太太。以後的生活和大多數小說寫得就差不多了，女人多了，自然鉤心鬥角的，她一個沒有背景、沒有經濟後台的人如履薄冰。於是想靠性來拉攏西門慶——自己的丈夫！甚至喝他的尿，想一想，何等心酸，只是害怕被他冷落，被他拋棄。設身處地地想啊，有沒有更好的辦法？

西門慶的六個老婆裡，除了大老婆，個個不乾不淨的。好幾個還是從妓院贖出來的。在同樣的道德祭台上，不公平的歷史把所有的汙垢扣在了她一個人頭上，不知道她該笑還是該哭？

對於西門慶，我不討厭他，我始終對他有一種無法言說的憐憫，在他的生命構架裡，他不是過錯方。潘金蓮不是，武大郎更不是。說到社會制度，我覺得也不是：一個完善的社會制度同樣會被人踏出無數缺陷，更多的人依然會死在這個缺陷裡。

幸運的是他們都死去了，而在人們舌尖上戰戰兢兢過了幾百年的潘金蓮想必也不把人們的口水當回事了。

許多事情無法給我們展現明確的是非觀，甚至許多時候，人性也是空缺的。人性空缺的時候，我們的種族面對的是更大的犧牲。潘金蓮是活活地犧牲給我們看，

甚至不給自己留一個翻案的機會。如同神話裡那些讓自己的魂魄毀滅的人，他們在
輪迴裡永遠不復存在。

手談

嗯，的確，我們都被現代化的科技教育成了文明人。最初說自己是文明人的時候還象徵性地臉紅一下，不過沒紅幾次就把這個習慣給忘記了。當然這也沒有什麼錯，能夠被忘記的肯定都不是好東西，比如壞人，就沒有誰願意費心思地記住的。

所以臉紅的習慣一忘記，我們就真正成了文明人了。比如我和他：明祥。自從認識他以後，我在文明上似乎更上一層樓，變成一個文化人了。當然一般情況下，文明大於文化，即：文化包含在文明裡面。但是對於已經文明了的人，我們需要做的是把文化做大做強。當然凡事都須從小事做起，萬丈高樓平地起。

文明要滲透到生活的點點滴滴，文化得關照到一個人的飲食起居，既然連衛生間的事情都關照到了，精神方面的事情就更應該關心到了，尤其在吵架方面。吵架的時候，最能體現兩個人的文化程度。不過我和明祥吵架的時候不多，這雖然有一些遺憾，但是也沒有影響人類文明進步，所以也沒有什麼叫人不安的。偶然吵架的時候也是極盡文明的：從來不潑婦罵街，大聲嚷嚷。潑婦罵街是從前的事情，那是文明走到那個地方不小心打了一個結。現在，科學的發展把這個結給解開了。

我們吵架的時候無聲無息，沒有任何事物受到我們的影響，花開花的，草綠草的，蜜蜂和蝴蝶糾纏在一起，一種甜蜜包裹了另外的事物，彷彿甜蜜也是可以被模擬的。我們沒有影響任何事物就把架吵了，我們是值得點讚的文明人。

嗯，到現在你也應該明白了：我們在網上吵架，在微信上。當然微信也是可以發語音的，但是為了順應文明的發展趨勢，我們也從來不幹這麼缺德的事情，而且隔牆有耳，聽見一個人在房間裡大聲嚷嚷，人家一個電話，就會被關到瘋人院去了。

比如我胡攪蠻纏得他不耐煩的時候，他就會說：好好說話。我就問他怎樣才是好好說話，難道我不是用嘴在說話嗎？難道我說的不是好話嗎？難道你說的是好話嗎？難道好話還分男女嗎？難道你有性別歧視嗎？你有性別歧視為什麼和我交朋友，你心術不正嗎？

他發過來一個抓狂的表情，他也許是真生氣了，如果他真的在我面前生氣會是什麼樣子呢？把我像提小雞一樣提起來，然後按到一個小酒館裡猛灌我酒，然後再聽我更加囂張地胡言亂語。想到這裡，我咯咯笑起來。

你居然抓狂？你居然敢在我面前抓狂？你的指甲長嗎？如果沒有指甲你怎麼抓狂？你欺負我看不見你就騙我？你是在抓你臉嗎？你那臉也真需要認真抓幾下整整容。你看你那張臉，你還敢在我面前生氣？你以為什麼人都配生氣嗎？

好了，好了，是我不對，你這機關槍也太嚇人了吧。安靜，安靜，別人聽見了多不好啊。

我想沒有人聽見啊，誰這麼無聊來聽兩個人吵架。我只聽見一隻公雞把幾隻母雞引進了院子，雞有雞語，我還不具備參透牠們語音的能力。後門口的梨樹正在開花，可以聽見它們打開的聲音。梨樹的花和桃樹的花打開的聲音是不一樣的：梨花的聲音優雅一點，不緊不慢的，反正是要開的，反正開了是要結果的，結了多年的果已經沒有新鮮感了，所以不妨自己懈怠一下，就是懈怠著，也開了滿滿一樹花，它不屑於投機取巧的。

桃花開得熱鬧一些，浪潮一樣「嘭」就打到了你的面前。好像一朵花就可以翻天覆地，所以一分一秒都妖冶到極致。比不了梨花的大家閨秀，最終要修成正果的決心，桃花開的時候就單單為開而開，心無旁騖。這樣的勇氣總是遭人嫉妒沒有好下場，所以風專愛捲桃花，一夜後，就遍地落英了。但是我想桃花根本也不會計較這樣飄零了。

所以我和明祥吵架吵得如此分心，根本不是專業水準。我聽過了這些聲音，發現和他的架還沒有吵完，但是又不好意思繼續下去，就問他：幹啥呢？他說：寫詩呢，好久沒寫了手生了。

我就不說話了，我知道如果在他寫詩歌的時候我還喋喋不休，他一定會拉黑我，那就太沒面子了，當然我一般很捨得面子的，偶然想起來不能過於大方，就還是注意一下面子。不過我這四十歲鏽跡斑斑的面子別人一般也不忍心扒下來了。

我們基本上不談詩歌，這是好詩人的基本素養，我很慶幸我交到了一個和我有同等素養的詩人，所謂沒有同樣的臭味還相投不了，我們的臭味就是豆腐乳的味道了。詩歌的確沒有什麼好談的，談來談去還是詩歌的模樣，又不是彈力素，能彈走魚尾紋。

偶爾談談情。談不幾句，他就一聲「妹妹」，叫得我毛骨悚然，趕緊戒備起來，作好打怪獸的準備。一般打死怪獸的都是機器人。最近網上的阿法狗出盡了風頭，把所有的圍棋高手打得落花流水。於是人類擔心了，怕不遠的將來，機器人把活生生的人搞死了。反正我從來不為這個事情擔心，等機器人能夠搞死活人的時候，我也許投胎也做了機器人了。明祥說：杞人憂天，我把電源一關，我看你還怎麼折騰！你看看，多麼樸素的道理，多麼聰明的朋友，我在心裡為他點了二五〇個讚！

我不會下圍棋，我覺得那不是一個做愛都催著的人幹的事情。三六〇個子兒生生逼出人的密集恐懼症，我可不想身上再多一種病症。所以呢，我這麼簡單純潔的女人一般就玩簡單的，比如詩歌，比如象棋。

朋友圈的人都知道：我在省運會的象棋比賽裡得了第三名，好像很牛逼的樣子。其實那是女子組，而且是殘疾女子組，而且比賽就兩個人，本來我可以得第二名的，又怕以後人一見就說我二，所以就告訴人家我第三名了。小三，聽起來不錯，不是誰都有本事當小三的，至少你得漂亮啊。

所以我懷著萬分的思念去長沙的時候（具體我也不知道自己在思念誰，因為除了明祥，還有兩個老年婦女之友的中年男人），我們聊天聊得好好的，聊得長沙的春風不僅撲面，而且撲胸，隱約覺得春天裡到處都是幹壞事的人。這個時候，明祥擺出了象棋。周圍的人起哄：搞一盤，搞一盤。感覺像張傑和謝娜站在舞台上，粉絲們喊：親一個，親一個一樣。

我知道我死定了。我這水準只有死才比較自覺。我暗想：要死就死在你手裡，要丟人就丟在你家裡。所以基於對明祥的愛，我根本沒有用力就把面子剝下來丟到十二層樓下了，這感覺基本上等同於下地獄的愉快。

果然：他第一顆子就炮二平五，毫不客氣地架起了當頭炮，一副置人於死地的模樣，反正我已經準備死了，而且周圍一圈男人，我不分心似乎對不起大家，所以破罐子破摔，輸得惟妙惟肖。

明祥吹他象棋還是八歲時候的水準。那時候他老家養著黑壓壓一群牛。

馮唐說：人就要不害怕，不著急，不要臉

首先，我不是馮唐歐巴的粉！雖然我一直希望成為他的粉，雖然我覺得成為他百萬粉絲大軍裡的一員將是莫大幸福，雖然我一直在努力奮鬥成為他的粉，但是蒼天不公，我至今沒有獲得這個殊榮。當我夜半面壁思過懺悔人生的時候，這也是我懺悔的一個重要方面。我小心翼翼地加了馮唐的微信，誠惶誠恐地不敢和他多說一句話，我說如此仰慕他，生怕我說話時候汙濁的口氣熏著了我的偶像。

某一個難熬的夜晚，我在朋友圈裡打轉。我一向乾淨而旺盛的荷爾蒙在人生的沼澤裡越陷越深，人生的掙扎如同一個人在沼澤裡拔河，越用力就越死得快。當然

反正是要死的，有時候掙扎也是為了取悅自己。我在朋友圈的沼澤裡偶然看見馮唐發的這九個字，咱的馮大師說這是他的九字真言！我一下子激動萬分，身體如同有強大的電流穿過，人生的光芒一下子照亮了我，讓我身心愉悅。

特別是最後三個字：不要臉！金光閃閃的三個字如同佛的手印一樣蓋在了我的天靈蓋上，我真有了被神洗浴後的脫胎換骨。你可能覺得我這樣說多少有一點譁眾取寵的味道，但是生活或者文字給我們的啟發並不是它的高深奧祕，而是某一個時間點你的心神已經到達了開悟的水準，就差一個契機。而油腔滑調的馮唐很榮幸在這個時間點上給了我一個牛逼閃閃的啟發。我覺得我認識馮唐就是為了這麼一個瞬間，故：為了報答他，我準備回去好好讀《萬物生長》。

當然馮唐一張破嘴，什麼樣的好道理都被他說得不倫不類。（他的粉絲會朝我扔臭雞蛋不，如果他們知道我就好這一口。）但是道理都是說給講道理的人聽的，我非常不幸地成了這個講道理的一員。作為一個講道理的人，首先是客觀的，公道的，如果我有一點獻媚的意思也是情有可原的。（佛陀在我心，渾身放光明，此處應該有一張華麗麗的我的媚照。）因為我們什麼時候都需要通過事物表面看本質，我們不能因為馮唐是一個油腔滑調的小白臉就覺得他說的東西都是五顏六色的豆花屁。

首先：不害怕！

當然馮唐沒有說明不害怕什麼，就是說什麼都不要害怕了。人其實很不容易克服自己的恐懼，即使生活一馬平川的時候，我們依舊對著無垠的時光充滿了恐懼，患得患失會讓人對自己變得不自信，對未來的不了解總是讓人恐懼。所以我覺得人生圓滿的第一個條件就是不害怕，無憂。

為什麼會害怕，其實是緣於我們對人生和對事物的一知半解。不解尚好，無知就沒有害怕。懂得也好，知道事物必然會發展成那個樣子。最要命的就是一知半解了，模模糊糊感覺事情會變成那個樣子，但是不知道變成那個樣子以後應該怎麼辦。所以我們的知識就是為了解決我們的恐懼，而我們的認知好像一直滿足不了那樣的需要，所以新的煩惱會產生新的不安，沒有窮盡了。（當然我也不知道有什麼辦法，不然我會開一個「恐懼解決公司」，那樣就發財了。）

當然馮唐的意思應該不是這些，不是對終極意義的思考和探索，他說的應該是當生活裡出現我們意料之外的事情時不要害怕。他說的應該是拒絕理性思考之後的任性和自信。有一點孔乙己的精神，而孔乙己的精神恰恰是我們欠缺的。愛情來了不要害怕，好好享受，因為它會逝去；愛情走了不要害怕，因為天下烏鴉在，男人就在；事業失敗了不要害怕，因為還有新的機會，而人生是注定失敗的；一無所有不要害怕，因為人都是從一無所有開始的。反正怎麼都不要害怕，大不了重新再來。

生活裡我們看到的成功的人都是不害怕的人，他們知道不是所有的機會都青睞自己，但是從來不會放棄每一個機會。等到上帝不忍心再作弄他的時候，門就打開了，旖旎風景澎湃而來。

然後：不著急。

我不知道馮唐最不著急的是什麼，如果某一天他面對心愛的女人無能為力了是不是也不著急。當然他也許會說：多大個事啊，說明我順順當當地過到了老年，人生那麼多意外，能夠涉險而過就不錯了，不過他說這話的樣子就變成了嚴明。

不著急是從不害怕的人生態度上提到了人生修為。現代的生活節奏加快了，人們總是一副急吼吼的樣子，好像遲一步，本來屬於自己的東西就會被別人搶走一樣，但是世界上哪有應該屬於自己的東西？我們不過都是在互相掠奪。但是不屬於你的東西就算得到也還是會失去。活得自在的人都是從容的人，他們的心態和平，計較得比別人少。

其實在我們的文化根基裡，不著急是在完成一種大智慧後的大智若愚，比如孔子，更突出的是莊子。孔子在杏壇上講的就是：不著急。「生而不有，為而不恃，功成而弗居。」當自己做成了事情，依舊不居，這是多麼從容的氣度啊。

最重要的是，當我們身處逆境的時候，當我們看不到希望的時候更應該不著急。普希金說：不要悲傷，不要心急，憂鬱的日子需要鎮定。相信吧，快樂的日子將要來臨！其實，我們不會被生活欺騙，更多的時候，是我們欺騙了生活，而生活總是會原諒迷路的孩子，給我們新的機會。有時候你會覺得自己一事無成，其實是生活讓我們短暫休息，或者我們需要這樣的經歷。這樣的時候，你會不會反思自己，會不會多作準備，準備作好了才看得清到來的機會。

最後：不要臉！

你也許會說，這個誰不會啊？學不了高貴，學賤還不容易嗎？但是你就是學不會。一份簡歷你投了幾百次都投不中，你會洩氣嗎？你洩氣你就完了，你只能死皮賴臉地一直投。你寫詩歌，寫了好多年依然寫得不好，你會放棄嗎？（當然詩歌這破事，放棄也沒關係。）一道幾何題你解了一下午也沒有解開，你心灰意冷嗎？你放棄的東西就是你可能達到的遠方。

馮唐大師說的不要臉就是堅韌不拔，堅持不懈，金槍不倒（這個詞語自己冒出來的，不怪我。主要是因為我博學多才，曲徑通幽），你看看那些成功的人都是臉皮特別厚的人，為了談成一個項目，把人家的門檻都踏豁了。人只有集中精神想做成一件事情的時候才會百折不撓，不管不顧地朝一個目標奮鬥。最後人家要不是被你磨得不耐煩了只好答應你，或者真正被你感動了，覺得你是一個信得過的合作夥伴，反正你的目的達到了。

人能夠為了自己的理想而不要臉才是真正的勇士，那些嘲笑的看客也不過只有看客的本身，他們不可能站在舞台的中央接受讚美，當然也沒有接受鄙夷的能力。在鳳姐的微博裡，看到每天都有人罵她，我實在沒有看出來他們有什麼資本去罵鳳姐。而鳳姐一直氣定神閒，完全不放在眼裡，怕是看得懶得去看那些評論了。而在鳳姐努力學習英語的時候，那些可憐蟲就把時間浪費在無聊的謾罵裡。

所以當我領略到馮唐老師九字真言的精妙時，我五體投地。感覺自己何等幸運，能夠認識如此博學的人生導師。所以這幾個字就成了我的座右銘。有了座右銘，人生就沒有缺憾了。

造訪者

我根本沒打算見他。我的心情決定了我們見面時候的不愉快。人不可避免有厭倦的時候，而我已經維持了這麼久的熱情，包括一些不必要的熱情。當然沒有人能界定不必要的熱情是什麼熱情，只有當你覺得它沒有必要的時候，它才是沒有必要的。如同「下流」這個詞語，只是存在於一種關係裡，只有你覺得它是下流的，它才是下流的。當然如果沒有厭倦，我還是不想見他，我對他的排斥是先天性的，沒有道理的。

他在QQ裡給我發了很多資訊，我都沒有回，他以為是我沒有看到。其實我看到了，但是我就是不想回。後來他說他已經訂好了來看我的火車票，我才告訴他，恰恰他來的那天我要出差，而且需要三天的時間，他猶豫了一下，說：還是要來，在我的小鎮上等我回來。我在想，如果換一個時間段，換一個人，也許我就會感動得一塌糊塗，但是，對這個沒有見過面的陌生人，我已經有了反感。

回家的那天下午，爸爸給我打電話，說家裡來了一個人，在等我。我說我知道。回到家的時候，是晚上九點鐘了，看見一個還算帥氣的中年男人坐在上席喝酒，以前我們在ＱＱ裡發過照片，對他的長相有一個大致的了解，還好不是一個邋遢的人，多多少少減少了我的一點厭惡。我說：梁老師，你好！

他不停地感慨：余秀華呀，余秀華呀！好像他從來不認識我，好像我是一個怪物一樣。當然我不是怪物，只是我覺得即使是怪物，這個時候也沒有什麼羞恥的。在一個不要緊的人的面前，不管是什麼都沒有羞恥，因為與他沒有關係。如果我感覺自己是與他有關係呢，我也就不會覺得自己是個怪物了。

他親熱地拉我進屋，像這裡的主人，客氣地拉開椅子扶我坐下，如同一個紳士。他還是不停地感慨：余秀華呀，余秀華呀。說我比在電視上看到的白，而且比電視上漂亮。我說：謝謝梁老師誇獎，其實我本來就很白的，只是以前幹農活的時候曬黑了。他問我：你認識我嗎？我說：不認識！有時候我說話他聽不清楚，當他再問的時候，我絕不會重複第二遍。世間沒有那麼多重要的東西需要重複，何況是消散得比屁更快的話。

爸爸說，我回來之前他已經喝了一杯白酒了。在我和爸爸的印象裡，山東人都是能喝酒的，我們都見過山東的小記者們在我家豪飲的場景。而他剛剛才喝了一杯，小意思嘛。我承認我也是一個好酒之徒，我也因為喝酒丟了幾次人，還讓一個小氣鬼以我沒有節制的藉口把我刪除了。我不知道我節制不節制的和他關係多大，我也不好意思說他是因為妻管嚴而造成的杯弓蛇影。反正詩歌是各寫各的，又不需要抱團取暖，刪除就刪除，而且他也不是小鮮肉。當然，即使是小鮮肉，也是別人的，我感覺最近牙齒有些鬆動。

扯遠了，我是說我也喜歡喝酒。我看見過許多女詩人抽菸，與她們製造的環境汙染相比，我喝酒的確是綠色環保了。而且我從來也沒有抽菸的欲望，喝酒可以澆愁，不知道抽菸有個什麼用途。我爸爸對我的心疼還體現在晚上給我一瓶冰鎮的啤酒。他知道我喝啤酒沒問題，是把它當飲料喝的。我一路奔波，喝酒就格外香。其實一個人要戒酒也是容易的：就是不動情，不戀愛，不戀愛就不會失戀，不失戀就沒有痛苦，沒有痛苦誰還喝酒呢。

我喝酒的時候，梁老師對我爸爸說：大哥，你再給我倒一杯酒，我和秀華一起喝。我暗想，他管我爸叫大哥，我們是什麼輩分呢？算了，也許山東人豪爽，喝酒的時候，什麼大爺二舅的都統一是大哥了。不過他這個年紀，叫我爸大哥，我爸也沒有虧多少。他喝酒倒是乾脆，一杯一口，乾淨見底，一點都不拖泥帶水的。爸爸說：梁老師，你慢點喝，吃點菜，這樣容易喝醉的。

梁老師說：我們山東人喝酒就是這個樣子。我去，你們山東人除了浪費酒，自己把自己搞醉以外，我硬是沒有從中看到豪爽的成分。當然我是近視眼，而且腦癱限制了我對事物的判斷能力。一杯喝了，他又要了一杯。爸爸擔心他喝醉，就不想給他喝了，但是盛情難卻，不給就顯得自己小氣了。

梁老師回憶起我們前幾年認識的事情，說我當時發給他看的小雞的圖片，說當時我們的感情多麼好。說他知道我一定會出名。問我還記得不？我說我只記得你和一個女人一起罵我，我只記得你罵我了，還說自己的博客帳號被偷了！梁老師說我只記得恨，我說：我只想規規矩矩做一個小人！

梁老師問：你希望我走麼？我說：我覺得你應該走！然而梁老師深情款款地

說：我今天不走了，我要和你一起睡，睡在你的床下，像一條狗一樣好不好？我就這樣和你聊天好不好？

母親的遺像在上，我心裡控制不了地奔跑過一萬頭草泥馬。這世界上，我什麼鬼都見過，就是沒見過這樣的鬼！我指著他說：你給我閉嘴！本來應該有一個「麻痺的」在前面，但是我一生氣，就把「麻痺的」給忘了。梁老師說：我不閉嘴，我今天就要和你睡在一起！

開始我問他，是不是專門來看我的，他說不是，還有事情要談。我看他這個樣子，就丟下了他，一個人跑到月光裡散步。

等我散步回來，已經不見他了。我和爸爸在屋外的香樟樹下找到了他，他已經醉得像一頭死豬！爸爸想把他扶到家裡睡，但是扶不動，就打電話給鄰居，兩個人一起把他拖進了屋。把他丟到我兒子床上，他就吐在了床上。

第二天，他回家了，我給他發了個微信：梁老師，我以後再也不想見你，希望你再不要來我家，我也不會和你合作任何事情。

然後拉黑了他。

我們歌頌過的和詆毀過的

突然想到這句話，是在武漢的天河機場，春節前夕。我已經記不清多少次來這個地方了，輕車熟路：它廁所的位置，商店的位置，書店的位置我都清楚。我還清楚幾個商店主要賣的幾樣商品，哪一個商店裡有我喜歡的鹹鴨蛋，哪一個商店有優酪乳，當然它們都貴得可以上天。如果不是餓得爬不上飛機，我是不會在飛機場買東西的，每一次買，都有上天的感覺，這不是飛機能夠帶到的高度。好在書店裡的書還不是貴得離譜，主要是書上標定的價格不好隨意改動。在中國，能夠明碼標價出售的東西已經不多了，幸運的是書籍所代表的文明是光明磊落的。

按照陽曆，就是新年的第五天了，我的文字也將歸於新一年的資料夾。但是我從來鬧不清我的思維，我對周圍事物的看法屬於哪一個時間段，它是這樣模糊不清。而我也從沒有把它劃分一下的願望，沒有舊年的總結，也無新年的計畫，我就適合這樣的渾渾噩噩。那些把新年計畫做得絲絲入扣的人會讓我產生一些恐懼和嫌棄。我總覺得生活不是能夠計畫來的。而生活到底是怎麼來的呢，思考這個問題，如同棋盤上的一顆卒子思考整個棋局布局的問題，顯然費力不討好。一顆卒離將最遠，腳步最慢，但常有把將置於死地的時候，它的成功一般都是無心之舉，順其自然就是順應天命。誰是能夠完成天命的人，總是到最後才能知道。

有幾天，我什麼也不做，一個人坐在房間裡發呆。當然我覺得一個人坐在自己的房間裡發呆和坐在飛機場發呆其實是差不多的。如果不是擔心飛機飛了，心裡的環境和在房間裡好像也沒有太大的區別。那時候我在想一個人是怎麼老去的呢？人的皮膚是如何鬆弛的，他的眼皮是在哪一個時刻垂下來的呢？甚至他心裡的許多欲望是在什麼時候不動聲色地消滅的呢？時間。把這些都籠統地歸罪於時間。是的，沒錯，但是我依稀覺得這還是簡單了，投機取巧了，但是到底是怎麼回事呢？我是沒有能力把它說清楚的。

當我什麼都不做，什麼時候覺來的時候就睡，慣常的生命習慣暫時被擱置起來，對外界的關心也少了，和世界的聯繫不過是一種關係，當這樣的關係也淡了，那麼能夠影響我的會是什麼呢？時間嗎？我怎麼感覺時間在有用的時候才是時間，它的意義在於它的運用，如果沒有被運用，它是否還存在呢？東野圭吾的《解憂雜貨店》寫的雖然是一個虛幻的推理故事，但是時間真的就沒有另外一個維度嗎？它的流速是永恆不變的嗎？我覺得沒有那麼簡單。但是又沒有能力把它講明白，真是一件傷心之事。

一個人什麼都不做，就會進入兩種思維：一種是胡思亂想，這是一件快樂的事情。沒有人不會胡思亂想，除非是傻子。但是傻子未必就沒有這樣的思想活動，因為我嘛不是傻子，無法知道。除了胡思亂想，就是回憶，顯然回憶比胡思亂想要費腦力和心力，因為回憶裡參與了一個人的感情，甚至超過了曾經的情誼。生活總是平淡的時候多，平淡是生命的底色，是生命的基座，這樣才是符合情理的：大海上波濤洶湧，但是波浪下面幾萬里都是平靜的。生活的本質是水，而非水形成的波浪。

偶爾思索過去兩年的日子。說人生如戲終究淺薄和懶惰，怎麼說都感覺欠缺了一點，畢竟生活說之不盡，如同詩歌能夠表達的不過人類感情的幾分之一。我總是在想一種生活狀態的因果關係，但是如果生活由上帝安排，而上帝恰恰是和我一樣隨心所欲、不講規矩的人，這就沒有可說的了。我的思索恰恰基於對生活的信任，沒有道理的信任，恰如沒有道理地喜歡一個人一樣。可是這樣的思索一開始就受阻，你無法沿著一條路走下去，一開始就有分岔，越往後，分岔就越多，如同八卦分出六十四卦一樣，但思索裡的分岔何止六十四呢？

不可能把所有的分岔一一規整起來，也不可能跟隨一個分岔走下去看透它的來龍去脈再回來跟蹤另外一個分岔。我有如此多的局限，而且困在這些局限裡不能自拔。聰明的人會找到某一個方式完成虛擬上對自己的救贖，而我卻連這樣的一個方式都沒有找到。我不停地寫詩歌，彷彿是我在救贖什麼東西，而沒有一樣東西可以救贖我的。當然我也不知道救贖完成以後會是怎樣的一個狀態，許多東西都是似是而非。當然我們需要的就是似是而非的救贖。

一個人的一生裡總有一個相對特別的時候，比如去年我認識了很多人，我從來沒有想過我的一生裡還會認識那麼多的人，我也從來沒想到他們盡情地讚美我，也不遺餘力地詆毀我，讚美我的有我認識的和不認識的，詆毀我的也有我認識的和不認識的，來龍去脈就不必仔細交代了。我就這樣產生了我預想之外的和這個世界的關係，而且關係如此繁複和龐大，人的快樂和痛苦都是因為和世界的關係，沙特說：他人即地獄，如果不和別人發生關係，痛苦就沒有了。而關係的好壞取決於關係的質地，好的關係不容易維持，壞的關係太容易到來。

有一個人，我們從來不認識，而且以後也不可能相見，但是他這兩年不停地罵我，對我的言行挑三揀四，彷彿天下的規則都被我違背了。從我的詩歌開始上升到我的人品，再上升到道德，我就成了一個被天下人唾棄的沒有道德之人了，真是一件可怕的事情。但是當我關起門，甚至不關門的時候，比如我從飛機上下來，在貴州的一個風景區裡，拉開玻璃房間兩面的布簾，蒼翠的山色擁我入懷，我在這樣的房間裡喝茶、發呆，他的詆毀如同掛在某一棵樹上的黃葉子，在風裡搖搖欲墜。

我想我們都可能是被關在一個透明的房間裡的一個人，甚至是猴子，我們想把布簾拉下來隱藏自己不受傷害，但是如果拉下布簾，又看不到美好的景色。當一個人完成了自我的研究和探險，他更願意拉開布簾去冒險。布簾拉開，山色進來，但是跟著山色一起進來的還有各種各樣的東西，比如還在施工的機器的轟鳴，比如一隻狗因為分不清敵友而不停地叫喚，比如因為我和這個地方的人的身形的不太一樣而引起的圍觀。他們像我對這個世界的好奇一樣產生了對我的好奇，如果我做個鬼臉甚至就會引起敵意。友誼需要一個培養的過程，而敵意簡單又不需要判斷，所以它更適合大面積土壤地生發。

每一個人都有隱匿的快樂，不然他不會在這個世界上長時間存在。我想如果一開始我就在一個沒有任何人知道的玻璃房裡，我的喜怒哀樂不會被任何一個人看見，我將會是一種什麼樣的狀態？昨天在網上看到一個一百四十三歲的美國老人，也許是英國的，他說他長壽是因為孤獨。他說他早就想死了，但是孤獨讓他一直活著。我在想，如果一個人活到生和死沒有什麼區別了，就不會想去死了，因為生死沒有了區別也就失去了意義。意義存在於區別之上。我們來到這個世界上的一項工作就是區別於他人。但是區別又會產生讚頌和詆毀，彷彿一種遊戲規則，除非你不具備這個區分，除非你從生到死一直在一個無人問津的玻璃房裡。

但是從另外一個角度看，人其實就是從生到死都是一個人走在一個玻璃房裡，沒有人來觀摩你，沒有人知道你所坐的位置，沒有人對你的言行和思維發生興趣，因為這都是你自己的事情，和任何人沒有關係。因為他們要不和你一樣在一個玻璃房裡迷惑於和你相同的問題，要不就是窮極無聊地去看另外一個和你一樣關在玻璃房裡的人或者猴子。有時候當你想和世界發生關係的時候卻是一種被拒絕的狀態，因為這個世界是任性而沒有邏輯的。參差和婆娑都是這個世界本來的樣子。有時候我們想把自己做賊心虛的規則放進去一點點，發現也是不可能的。

一個人活著好像就是為了和什麼人產生關係，所謂的關係網越大，他能夠活動的範圍似乎就越大，人們整天為這個網在費心思，人們相信有一個美好的網，世界也會因此美好起來。於是就想到了人生何為？我們到這個世界上到底是為什麼，我們需要做什麼事情，什麼樣的生活方式才是被接受而且不會被拋棄的呢？我對生命沒有足夠的認識，這是我常常受困的原因。如果說生命是自然迴圈裡的一個階段，我們除了順其自然，其他的努力是不是都是自己的娛樂行為？但是人不可能沒有娛樂行為，而這樣的解釋似乎又過於淺薄，不能讓人信服。

就是說一些人把對另一個人的詆毀當成了自己的娛樂行為，他甚至沒有別的路子給自己快樂了，但是這樣就妨礙了別人，妨礙了別人的東西都可以被上升到道德的高度，就是說和別人發生關係的事情都可以上升到道德高度，反過來說道德是產生於各種各樣的關係裡的。也就是說關係開始壞起來了，壞起來的東西就需要約束。但是有時候，人是被娛樂的，被自己娛樂的，比如我和那個人從來不認識，他卻覺得我破壞了他原有的道德觀念，但是他是不是真的有一個好的道德觀念，這是誰也不知道的事情了。

但是如果從我的角度而言，如果我不在乎這樣的詆毀，也就是否定了和他的關係，當然否定的是從來就不存在的關係，是他強加給我的關係。換言之，如果一個人不認可另外一個人給他的關係，這單方面產生的關係是不是就不存在？但是不存在的關係為什麼會造成這麼嚴重的影響？比如現在有一種現象叫網路暴力，一個明星如果發生一點生活上的問題，辱罵他的詆毀他的又何止於千千萬？但是他們和他有什麼關係呢，他們強制建立起來一種關係，強制把自己的看法、怨恨，甚至惡毒的辱罵強加給他，這又是為什麼呢。

一個很小的善因為支持的人多了就會形成大善，比如那些眾籌，那些為什麼人捐款的事情。所以一個很小的惡存在了，也可能形成很大的惡，善惡都是人性的東西，而人性的東西最容易膨脹。為什麼會膨脹，因為人們的心太急切，一旦急切就會失去有效的判斷，如果是與自己沒有關係的人更沒有耐心去判斷了，不是大眾沒有修養，而是修養不夠。所謂的修養就是把自己的善良始終呈現給和自己有關或無關的人。

其實我也不願意別人一直讚美我，過多的讚美總是讓人感覺虛幻不實。但是也許我的詩歌的確帶給了別人感動和喜悅，他們的讚美是真心實意的，但是我覺得讚美是刻意縮短了這樣的距離，不符合我的人情交往心意，所以我對這樣的讚美始終有一種說不清楚的警惕。讚美和詆毀如同蜜糖和砒霜，都不適合人尋常的飲食習慣，幸運的是這兩樣東西我們都是可以躲避的。當我受不了詆毀的時候我就躲起來，這只是資訊而非真正的人身傷害。人其實是當他作為最自然的人的時候是最快樂的，也就是說人破除了自己的社會屬性而回歸自然屬性的時候是最快樂的。我想這也是人得以生存和繁衍的一個重要原因。

伍

你可知道我多愛你

一個人的花園

秋天到了。在路上行走的人關心，並與之融合的是道路本身，是計畫之內預想之外的風景，是自己主動和被動之間更緊地回縮，是回縮之後面臨的更大的距離和空間，是總以為在下一個地方能夠找到自己而總是找不到的遺憾和很快又升起的希望。比如這個時刻，又一個立秋之日，那些在路上的人還沒有回來，而另外的人則踩著秋風上路了。昨夜，還是讀與我同齡的一個人的書，他現在在武漢有了一個安穩的居所，在狹小的房子裡看著窗外的燈火，該是偶爾恍惚——身分的可疑完全不給他能夠消滅的事物：菸，酒，茶。哪一種事物不是被人用到頹廢，用到透支而又別無他途？他此刻在用什麼抵禦著自身的虛無，抵禦著時間帶來的種種幻象？我見過照片上的他，剪著現在很流行的髮型，我看不到他現在的臉，過去的照片也有一種無法形容的倉皇：稚嫩，滄桑？也許都有。我刻意逃避著與他的交流，語言本身就是破壞，我們辛辛苦苦搭建起來的虛無之境無非一張錫紙，一個不合適的標點就能把它戳得面目全非。

想著他面對一城霓虹，這水裡倒影般的盛世能給他什麼溫暖？他依然會看見在明晃晃的路燈下迷路的人。迷路最多的不是孩子和老人，而是和他，也和我年紀相仿的人。我們總以為燈光把背上的大山留一堆影子在地上，山就會減輕它的重量。我們也以為只要走過一個城市紛亂的霓虹，就能遇見「詩和遠方」。那從遠方狼狽歸來的人是他們，我們會成為意外，成為可能。他，也是從遠方歸來的那個人，他愛那些在骨肉裡正種下「遠方」的人，他無法把謎底說破，也不能給他們安慰，他沮喪。但是這樣的沮喪卻是本可以抵禦的：如果沒有搭建幻象的力氣，也不會有落到實地的勇氣。只有眼前不停晃動的霓虹，讓他找不到夜，找不到可以休憩之所。到現在，我猜想，他也許和我一樣，把肉體放在這動盪的塵世上，放棄了對安穩的追尋，而在搖晃裡伸手去觸摸生命的本質。

但是沒有那麼容易就能夠觸摸到什麼，何況是「生命的本質」。也許本質也是根本不存在的，我們在已經待了幾十年的骨與肉、血與水的身體裡還眼巴巴地尋找著「生命的本質」，這是有多厭倦自身和多徹底的否定才會在看得見的肉身之上尋找看不見的東西？而且不僅僅只是厭倦，是在厭倦裡努力地存在，忘我地存在，這執拗的存在必須要深淵般的懷疑來匹配。深淵般的懷疑和深淵般的愛情一樣可遇而不可求。是的，可遇，他遇見了，他是一定會遇見的。宇宙裡布滿了一個個黑洞和隧道，在所有的被偏執的事情上：他在文字裡給自己鑿了一口井，越鑿越深，這是他沒有辦法抗拒的事情。他不知道更深的井下還有什麼，是星光還是古墓，這些都不重要了，他阻擋不了自己不停地往下挖，直到水淹沒到了他的脖子，他逃。他卻沒有方向可逃，他身體裡有無數個自己奔向四面八方，同時他又想把這奔向四面八方的自己都找回來，於是，他也成了踩著秋風上路的人。

讀書到夜半，雨敲打遮雨棚的聲音大了，起床到陽台上，雨風撲面而來。走到陽台邊，看幾盆多肉是不是淋著了雨，伸手試探，雨珠被風裹挾著不停飄落在幾盆小植物身上，想是沒有直接打著它們，便也懶得搬了。每次下雨，我都會擔心地起來看它們，但是每次都懶得搬。這幾盆小東西雖然長得不情不願，但是也都還活著。

當它們習慣了對我的失望以後，便自己顧命了。如果它們了解到自己的卑微以後，是不是更要不要命地活下去呢？一棵植物要活多久才能積攢一點靈性能夠衝破自己的麻木？但是衝破了以後呢？不，不管怎麼說，衝破就是好的，哪怕意識到自己的卑微和隨時可能的夭折。不管怎麼說，它具備了自己的靈性，有了一個「自己」，有了自己，就有了和其他事物的區分。比如這棵叫「赫拉」，它的葉片比其他的多肉硬，因為我沒有給它充足的水分，所以它生長緩慢。赫拉有了自己的名字，有了自己單獨的小花盆，就是有了「自己」，一個不同於別的植物的自己，這是至關重要的。我們不停追尋的今生，不就是在尋找自己，把自己從人群裡區分出來，為了別人找到自己，更是為了自己能夠找到自己。比如踩著星光出遊的他，在陌生的山川裡行走的他，在陌生的旅館裡等候文字光臨的他。我們不知道在什麼時候丟了自己，丟了自己的哪個部分，甚至是不是真的丟失過，還是自己的幻覺，但是沒有辦法，一隻腳已經邁出去了，一隻邁出的腳對沉重的肉身是一個誘惑，無法抗拒的誘惑，如同懷疑的漩渦一旦形成，它也是一個巨大的誘惑一樣。

而此刻的我，半夜立足於一個鄉村自家陽台的我，彷彿把一個漩渦還原成水，或者是把我自己還原成水。就是把一個漩渦拆解了，把一段凶險的文字拆解成一個個字，它就沒有了危險性，沒有了搭建之初的企圖和搭建之後不可估量的發展。此刻的我就是一個溫順地攤開了雙手卻什麼也不等待的人。雨水覆蓋了一切細微的聲音，但是不用擔心，它們從來不會消失。雨水退去，它們就會包圍過來，如同把刀抽走，水就會填上。其實雨聲是把所有的聲音匯聚起來成一種具體的聲音，因為具體而可觸，因為可觸而抵消了孤獨。孤獨是一個人站在院子裡搖搖欲墜但是什麼也抓不到手；是腳底的世界被抽走但是又沒有營造一個新世界的土壤；而且還不僅僅如此：孤獨是如此不可言說。孤獨是水在尋找水的本身，它不知道什麼時候找到了還是沒有找到。孤獨也是一個危險的漩渦，但是總是有人在拆解這個漩渦的時候弄出虛張聲勢的聲響。但是我，一個和他同年紀的人，對於孤獨常常超過了對世界其他事物的柔情，如同圈養一隻狐狸。

終於睡去，萬千掛礙也要片刻休息。萬千掛礙也要一時沉寂，以換得一個更好的身子撥弄世間逐漸沉寂的虛空。在夢裡，我循著一個人的腳印往前走，大雪紛飛，但是不肯埋掉他的腳印，我擔心他回頭。如果他回頭，我肯定走不下去，如果他回頭，看到的肯定不是我的樣子。越走越難，又看不到切實的溝壑。我希望在這跟隨裡一腳踏空，但是沒有。不可能有對抗虛空的另一種虛空，或者反過來，不可能有另一塊石頭對抗背著的石頭。走了很久，終於知道這是一條沒有盡頭的路，回頭一看，路就從腳底傾塌，但是驚魂稍定，就想縱身一跳。但是跳是跳不下去的，或者說跳下去了，眼前還是他清晰的腳印，這些小小的深淵是招呼你把自己的腳放進去。於是就放進去了，直到把自己的指望都走得一乾二淨，走到厭倦疲憊，他的腳印還在往前跌進，直到醒來，幽暗的天光投進窗戶。

天光從幽暗漸漸明晰，雨水應該在我作夢的時候就消停了。秋天的雨總是有一種善解人意的情分，如同人到中年的女人總是會明白一些人生常情，明白不可追尋的明天和隨時傾塌的生活，因為懂得，所以慈悲。所以對悲痛的怨懟就一點點減少，當巨大的悲痛光臨的時候，一個人同時也承擔著巨大的福分，這福分是除了對自己之外對萬物的感同身受，想到一棵植物也可能承擔痛苦，它就會承擔喜悅：成長的傷筋動骨同時也是成長的喜悅。起床的第一件事還是跑到陽台看那些小植物。搬到新房子以後，斷斷續續買了一些花草回來，不知道如何把它們排列出藝術性，但是看著它們成活，發出一個新芽，一個人就和一棵植物產生了休戚與共的情分。有一棵月季，是春天的時候我和朋友去隔壁村子裡玩，看到它生得嫵媚就拔回來栽下了。看得出它是抗拒的，栽在盆裡怎麼也不肯發新芽：它怨懟我改變了它已經熟悉的生長環境，它憎恨我切斷了它與大自然切實的聯繫，它對我的花盆怒氣衝天而還以更冰冷的沉默。整個夏天，它拒絕生長，但是一不小心開出了一朵花，還為這朵花的綻開感到羞愧：到發現自己開了卻已經來不及了，所以怨恨地無精打采地開成了一小朵。但是知道它還活著，還有鮮豔的顏色在它的身體裡，足以讓我對它滿懷感激。秋天到來，我給它換了一個盆換了土，彷彿它也不好意思再賴著不長，終於提起精神來發了幾個芽，躥出了葉子和枝條，舉出了兩個小小的羞澀的花蕾。那麼小，如同一個大人舉出的是嬰兒般的拳頭，但是我相信這個小拳頭能夠敲開一扇門。這麼想來，彷彿植物、動物、人的周身都圍繞著許多門，我們不知道門裡面是什麼，但是它就是那麼吸引著我們去敲它。也許它裡面並沒有一絲新奇的東西，所有的不過是我們已經司空見慣的世俗的日子，但是我們的手還是忍不住想去敲一敲，如同這棵月季舉出的小小的花蕾。

人在衰老的過程裡，偶爾在身體的某個地方又會長出新鮮的粉嫩的小拳頭，但是比這棵秋天的月季更多出一些意外。植物比人簡單可靠，沒有那麼執拗，偶爾的賭氣也會在風裡在陽光裡消散，它們的存在就是為了成長，從生到死，把簡單地活著、簡單地燦爛當成唯一的使命。但是人就沒有如此樂觀。詩人說：我們的一生將是注定失敗的一生。毫無意外，除了無法避免的死亡，還有無法避免的庸俗和無聊。所以一個正在衰老的人的身體上突然長出了一個粉嫩的小拳頭，這足以叫人欣喜若狂了。而我，就是在這個秋天的初始，就是在我日漸衰敗的身體上長出了一個粉嫩的小拳頭。開始的時候，我並沒有在意，對於一個敏感的體質，對周圍的世界多一點敏感是正常不過的事情。我以為它就和以前一樣，不小心長出來了，因為羞怯，過上幾天就退回到皮膚裡面了呢。但是到了這個秋天，我才知道自己失算了：它出其不意地長成一個小拳頭了。那個樣子，實在是想去敲開一個人的門。那個樣子，又實在是不敢去敲一個人的門。一種羞怯布滿了我的身體，如一種輕微的病症卻讓身體裡的每一個細胞都感染了。

陽台上搭了遮雨的石棉瓦，一棵樹籽落在上面也弄出它本來想弄出的聲響。更多的時候根本不知道是什麼在屋頂弄出的聲音，如果太陽大一點，還以為是陽光弄出的聲音呢。但是一般就是麻雀了。我們搬進來的時候，麻雀也跟著搬進來了，牠們在二樓的屋簷裡做窩，渾然不覺得這二樓的屋簷和過去瓦房的屋簷有什麼區別。或許牠們根本就不在意安身之地，牠們在意的是能不能把翅膀打開，能不能飛，能不能找到遺漏的穀粒和慢慢黃起來的草籽。麻雀在石棉瓦上跳，牠們的身體很輕，弄出的聲音不大，但還是能夠清晰地被我聽見。我常常猜測在上面跳躍的是幾隻家麻雀還是來了新客？麻雀在一起的時候，實在不好辨認，牠們好像都長得差不多，就像人一樣，在人群裡，要找一個與眾不同的人實在是一件不容易的事情。我不知道我是如何在人群裡一眼看到他的，而且為他長出了粉嫩的小拳頭。我和他見過多少次了呢？算起來也不多，從開始的陌生、羞怯、懷疑到現在想舉起拳頭敲他，這後半段的甜蜜的旅程實在是短而又短，而且還是一段他也許並不認可的甜蜜。愛的哀傷不過是你覺得甜蜜你覺得如此好，而他從來不為這樣的甜蜜蜜一次。你慢慢等他生命裡原有的甜慢慢退下去，但是你又對這樣的期待充滿了懷疑：既然已經有甜蜜著他，他又何苦因為你而把已經的甜退去呢？怎麼退呢？生活裡的苦和甜是不能像潮水一樣可進可退的，它只能被遮蔽，人只能像鴕鳥一樣把頭埋進沙子裡。

所以事到如今，愛都成了一種沒有期待的等候，一種沒有歸宿的等候，是等候等候著等候。等候是連環，一個個套下去，直到你自己想把它解開。我蹲在這棵月季前，本來可以像和朋友一樣和它說說話，但是從來我都是沉默的。許多東西一經聲音的修飾，它就不是它自己了，它就單薄了。幸福是，痛苦是，愛也是。我守著心裡初生的隨時可能夭折的愛情，如守著一棵長錯了季節和地方的花樹：它過於瘦小，以至於沒有任何事物願意與它為敵。說真的，我喜歡我這已經衰敗的肉體上又一次長出來的愛，儘管它本身就是海市蜃樓，儘管它本身就是被沙堆埋在了沙漠裡的泉眼。月季下面，挨著土的地方發了一棵芽，前兩天我去觸摸的時候，一下子把它弄折了，當時我真是沮喪。但是它似乎並不在意，甚至有一些鄙夷，於是它重新長出了新芽。認識他，對他產生蜜一樣的感情，同時又清醒地知道它的不可能，於是惡狠狠地把它掐了：不和他說話，不看他微信，不打探他的消息。如此許久，看起來心裡的塊壘似乎放下去了。愛情啊，真的是一塊石頭，裡面住著迷路的人。如此許久，彷彿真的就放下了這個人，直到又一次遇見了他。

有緣的人會遇見，無緣的人也會遇見。香草會開花，毒草也會開花。所謂香草和毒草也是自然界賜予的悲與喜，所謂的相遇不過在提醒我們還沒有完成的情分。但是情分永遠是無法完成的。也幸虧了這永遠不能完成的情分，才讓春天一次次回到這已經枯萎的地球上，而且和我們保持三公分的距離。上一次的聚會裡，我沒有想到他會來，我以為他被一些事情牽絆住了。也沒有人告訴我他會不會來，我有一些希望，有一些失落，有一些對自己的不滿和憎恨：當我如此牽掛一個人的時候，我就隱隱約約感覺到我正在失去什麼：自由？尊嚴？這些東西的存在幾乎無時無刻不在提醒我對一份愛的懷疑。到底愛是先天的還是自由和尊嚴是先天的？如果它們都是先天的，我們就有了可以選擇的東西，但是這還可貴嗎？不，可貴，都可貴！剛才，也就是這個中午，我又到陽台上看了看我的花兒，我就打消了我的懷疑。尊貴的東西可不只一個，不然生命就太貧瘠了，可依持的東西也太少了。有了這幾樣尊貴的東西，哪怕任選一種，就能夠滿足生命的本身了。而且我們還可以耍一下賴：當我們得不到愛的時候就去追求自由，或者當我們擁有自由的時候我們就不那麼渴望愛情，反正它們同樣可貴。愛，自由，尊嚴，這三個詞的存在讓生命無限拓展，上可以比天，下可以入地獄，它們讓一個人不再心慌，不再困頓於一時的所得所失。有些時候，我甚至感覺到了它們同時的存在。因為同時的存在，它們就如同鄰居一樣要和諧共處，就要互相謙讓。於是它們在一個詞要深刺入骨的時候，另外兩個詞就會拉它一把。這樣三個詞就製造了一種平衡，就讓一個搖搖晃晃在人世裡行走的人不至於摔在一個地方爬不起來。我已經走過了偏執的歲月，我甘願讓年輪磨平了我性格上、肉身上的溝溝坎坎，我感覺到的不是圓滑而是溫潤。

在這溫潤的順應裡，他卻來到了聚會上。我剎那的羞怯來自於對已無期待的怨懟：無論如何，我應該留一份期待給他，給這可望而不可即的夢想和指望。如同一棵月季還有深紅的顏色在秋天打開一樣。羞怯一旦打開，就像小小的綻開了的花朵，一時也凋謝不了。我們在餐桌上，我隔著人群看他，看他從來不停留在任何事物上的目光而僅僅願意企及他自身；看從窗戶投進來的天光映照在他的頭髮上而他與一群人談笑風生。哦，天。那時候我多想走到他身邊坐下，我看到他身邊就空了一個位置，一群人招呼我坐過去，可是我的薄薄的愛讓我如同一個犯錯的孩子不敢走過去，而匆匆跑掉。我知道我搖搖晃晃走路的樣子，這個樣子只有愛靠近我的時候才能讓我沮喪，而且這沮喪會不停擴大，直到形成悲傷。悲傷是一種重複，重複著已經生成的悲傷，也重複著過去和將來。

我逃掉了，我同時就獲得了自由：狹隘的自以為是的自由，但是它的本身就是自由啊，這是多麼確定的事情。回到房間裡，我的沮喪卻換了一個理由：既然知道沒有可能，何不在相互的戲謔裡遮蔽起愛恨情仇？但是我沒有勇氣回去了，我知道如果我回去，首先是我自己會陷進對自己深重的調侃裡，但是他一點也不會了解。儘管他細心，一次次照顧到我的感覺，但是我以為我有他無法理解的東西，因為我自己也理解不了。這種沮喪淡去，立刻又換成了另外的沮喪：我的愛就這麼淺啊，一開始設定的就是不傷筋動骨——不為難他，不傷害他，不打擾他。但是我確定我在不同的人身上這樣練習過，這是可恥又可憐的事情。

分別是難過的事情。相聚是生命的夜空裡不多的幾顆看得見的星星，閃閃發光。我們總想把這樣的星星摟在懷裡，照著自己一路灰暗的旅程。但是天上的事物哪有可能為不堪的俗世委身而下？這樣的相聚不免淪為生命裡的形而上，連同這不知所起而產生的感情也淪為形而上了。也幸虧有這一次次長久的別離，讓薄薄的愛情回到愛情的本身。記得我抓住他的手，如同一個不顧羞恥的孩子看著親人的出門心酸，而一直存在的羞愧不允許把眼淚掉下來。我說：等著我，等下一次再見。我沒說我會想他，我沒說我愛，這個年紀，愛在心裡是不停旋轉的水圈，而已經不能成為一個名詞：這個年紀的人會把名詞上的愛當成羞恥和單薄。就那樣分別了，互相招招手，雲一樣消失，風一樣散開。當我一個人背上重重的行囊去另外一個地方，而如此重的行囊裡卻沒有一句他的祝福，這此後的行走真是委屈，不能言說的委屈，無人可述的苦楚。這委屈是真委屈，這苦楚是真苦楚，但是我們就要把這確確實實的真轉化成模模糊糊的假，這假就是懸掛在自己門楣上的鈴鐺，你得捂著耳朵把它取下來。以前是怎麼也不肯捂上自己的耳朵的，天性裡沒有對假的認可，也得不到它的一點好處。如今，四十歲過了，不管是不是經歷過千山萬水，心裡的溝壑不管有沒有被腳步丈量過，它都那樣過去了。

而讓我一次次回頭的，不是那溝壑本身，也不是溝壑裡的荊棘和毒物，而是照著溝壑的月亮和在溝壑裡顛簸的月光。顛簸的月光與平淌的月光不一樣，它的美有一些細密的破碎，而且是說不出口的破碎。如同這突兀產生的感情，你沒有辦法知道它是不是合理，是不是遵循了人的天性。當愛靠近的時候，我們對天性的要求似乎更高了，但是你說不清楚這是不是膽怯的一個藉口。當膽怯光臨我的時候，我喜悅地迎接，我知道它會把我藏進一個地方，或者就是殘疾本身，讓我躲開一次滅頂的洪水。我已經忘記曾經幾次經歷過滅頂的洪水，我忘記了生命裡有多少日子是在面對洪水過後的荒蕪和瘟疫，這些彷彿也已經成為了可以抗拒的東西：因為生命一次次豎立了起來，像破舊的不倒翁。

也幸好有這短暫相聚之後長久的別離，幸好有這距離之間的千山萬水。我愛這霧靄籠罩的江山和塵世，愛這悲傷一次次產生又像霧靄一樣慢慢消散的距離。我愛我是我，他是他，我最愛的是我已經成為了我，他也成為了他。

秋天到了。我閱讀的那個作者又從武漢去了另外一個地方。他又寫出了一個新劇本，他心裡的塊壘是那些真實的敘述和表白無法完成的。我們熱愛的東西總是不能夠表達自己，甚至遮蔽著自己想表達的部分，於是除了搭建一個基座讓虛無從半空裡落實外，還要再搭建一座海市蜃樓，展現自己倒影裡的骨和肉。無法想像的是在會場上坐在正中位置的他如何頂著沾滿了塵世碎屑的頭髮在一個劇組裡上下奔波。也許有那樣的一些時候，他狠下心來，把自己花園裡的玫瑰和香草都搬走，藏到了一個自己都不容易找到的地方，而任花園裡野草蔓延，毒蛇居住。有時候以毒攻毒也是對抗這個世界的決絕。他讓自己的身體布滿了毒，但是把它控制在脖子以下：讓他的眼睛還能看，耳朵還能聽；嘴巴可以不說，但是腦子還在運轉。他的腦子在運轉，他的星辰就在運轉，宇宙就在運轉。運轉會解決所有疑問，就像苦難本身推動了生命的前進。他是在一個劇組，這個劇組他不會看成他的一個旅程，不會成為他的一個出口。旅行往往是一個人狹窄而漫長的出口，有時候不一定真正走到了出口的地方，但是彷彿已經找到了一個答案，儘管這個答案不可靠，隨時可能被推翻，但是至少在短時間裡能夠安慰一個人。這一個答案就是一座小小的海市蜃樓。

有的人很長時間，甚至一生都在路上。說不好悲喜，但是至少讓在路上的人覺得歡喜。有的人一輩子就困頓在一個地方：一個村莊，一座房子，幾棵植物。比如我。困頓於此，我卻從來沒有遠走的野心，更沒有換一個好地方居住的嚮往。無法判斷：一種生活方式長久地存在於一個人的生活裡，是慢慢馴化了一個人，還是這個人被生活馴化了，無法判斷這裡面的友好和敵意。其實，分不清楚就分不清楚，感覺到好就是好了，在秋天裡能看到天空的藍，能感覺到空氣的涼就是好的了。他說他寫劇本是因為生活所迫，這是一種心酸。但是還能被生活所迫的人未嘗不是有福分的：生活從來沒有忘記過你，把你趕上了路，讓你使出全力發出自己的光，這樣的人本身就得到了生活的護佑。而我，看起來是被生活忘記了的一個人，也給我一年四季，也給我春花秋月，還給我悲喜苦樂。但是看起來這些都是它分配不出去隨手丟下的。我怨恨過它的不公平，更多的是怨恨自己的無能，但是幸運的是生活給每個人的怨恨分配得都很少，分配最多的是從容。

陽台上的植物慢慢多了起來：多肉，月季，綠蘿，吊蘭，梔子花，常青藤，三角梅，金銀花，薔薇……我把這些一個個搬上了自己的陽台，除了搭建一個小小的花園的願望以外，就是希望它們都能被養活，都能茁壯成長。我曾經因為施多了肥而讓一棵月季、一棵茶花都死去。我魯莽的愛在它們的根部變成了火焰，最後讓它們灰飛煙滅。這讓我很沮喪，但是沮喪過後，我又重新買了苗子，重新謹慎地培育。偶爾會買上一些假苗子，它們長得健健康康，歡歡喜喜，但是長大後什麼也不是。幸虧生長的過程我已經獲得了足夠的喜悅能夠對付它們現出虛假的真身後的失落。想來養育一棵植物和養育一段愛情一樣，你小心翼翼希望它能長高一點長壯一點，但是一不小心就傷害了他，你以為的真情實意在他那裡就成為了負擔，如同多施的肥。

陽台上還有一張大桌子，開始買回來的時候，我也不知道它能做什麼用：太大了，足夠十個人圍著喝茶。我夢想著等陽台上植物成蔭的時候，說不定會有人來和我一起喝茶呢。我這樣的想法在這偏遠的鄉村根本就是一種誤會：誰會穿過千山萬水來和我喝一次茶呢。從他們的城市到我的鄉村需要轉好幾次車，而我又沒有足夠的盛情和美意來對應這樣的深情厚誼。這樣的想法就慢慢消散了，如同一時所起的愛情消散於被自身以為的不可能。於是這可以供十個人喝茶的桌子就成了我一個人喝茶的地方，九個空位子的孤獨彷彿可以長出九棵綠油油的植物。當然如果植物再多一點，它們一定會占滿這九個空著的位置，用已知的味道填充想像裡的味道。

我覺得這是再好不過的生活：恰當的生活，恰當的愛情，恰當的孤獨。當我給植物們澆水，當我蹲下來看一棵月季的生長，我就會想起上一次我們的相聚，我們聊天的肆無忌憚，我把我的情意戲謔化了，它那麼好地遮蔽了我，也瞞過了坐在我眼前的人。而當我蹲下看一棵月季的時候，我喜歡的那個作家，那個和我同齡的人，他也許正盤算著什麼時候偷偷溜出劇組，到周圍的山上去走一走，去摸一摸山頂上那塊看起來就要掉下來的石頭；也許，他為某一句台詞傷透了腦筋，如同面臨一條路的分岔口：往左還是往右？其實都無所謂，但是他天生的懷疑對這無所謂又不滿意，於是他懷疑他到這個劇組是不是對的，他的編劇是不是對的？他想起那些他棲身過的小客棧、小旅館，想起危險時分一個人對他殷切的呼喚，眼前的事物就起了霧靄。

當我蹲下來看一棵多肉的時候，我喜歡的他正在他的城市把一夜霓虹排列成詩行。這輩子，他也別無他途了。他的手腕被拴在了文字上，當他試圖尋找另外的路的時候，他就活生生被拉了回來。他歎息：罷了，無非這一身性命也交給你吧。如此，他也是被困住了，他也不自由了。我們都是不能獲得自由的人，感情的，環境的，事業的，沒有事業的。最要命的是時間的，時間給了我們最大的局限和困頓：愛上他的時候，已經是中年了。少年的濃煙已經化成了一場薄薄的霧氣，連綿而悠長。

你可聽見這風聲

1

這個下午，我在離你千里之外的城市，在一個很不錯的賓館。

拉開窗簾，有陽光掛在樓頂上，不大也不陰暗。下午我沒有出去，沒有一座城市能夠吸引我，你一定會說：多好的機會啊，也不四處走走。

嗯，我錯過了一個又一個多好的機會，蜷縮在小小的房間裡：我對這個世界已經沒有了好奇心，只有被用慣了的悲憫。把頭髮梳好，在電腦面前，看看文檔裡有沒有出現你的名字，及時刪除。

我的頭髮這兩天好了，前兩天掉得嚇人。我沒有想到我的焦躁會有這麼大的反應。許多夜晚我睡不著，折磨人的孤獨把我揉得死去活來，但是我沒有呼喊任何人，包括你。別說是呼喊不及，即使你聽到，又能如何？

一個人的名字含在嘴裡，時間長了，會牙疼。這牙疼，就似愛情的一種疼法不？

2

遇見你的時候，應該是初夏。「小荷才露尖尖角，早有蜻蜓立上頭」，我不知道我是這小荷，還是這蜻蜓，反正五月蔥鬱，萬物含煙。我也是這小荷的一次戰慄，也是這蜻蜓的一個小心翼翼。

但是當看得見人生蔥鬱的部分，人生就已經黃了半截，你我皆如此。

但是你還有青翠，如遠山隱於骨頭，一輩子有用不完的綠意，我是被這綠意引誘而至的一隻蝴蝶。我覺得我的身體也是綠色的，你要辨認我是多麼不容易的一件事情。

可是，我何須你來辨認呢？這注定的相遇和離別都是苦澀，我何須你辨認啊？

但是我依舊用一個尖利的呼哨告訴你：我看見了你！

我看見了你，是一顆星子看見了另外一顆，是一個異己者看見了另一個異己者，也是一段灰重複了另一段灰燼。

3

那時候你在一個書店的台階上彈吉他，木質的台階滲透出迷人的香氣。我不知道是這木質的香味沉醉了我，還是就是你沉醉了我。我忍不住時時抬起頭來看看你，依稀有隱約的陽光從玻璃的屋頂摸進來，散在你的帽簷，斜過你的臉龐。

我想，一定不是你迷醉了我。迷醉我的是那隱約的陽光，是陽光經過你的帽簷，擦過你的臉龐的那個時刻。而我，也一定預備好了最乾淨的時辰來和你相遇。

我在下面的桌子上歪斜了身體給一些人簽名，和他們開一些我慣常開的玩笑，偶爾抬頭：你還是坐在那裡撥吉他，漫不經心的樣子。

他本來就是這樣漫不經心的。我想。

你的吉他也彈得凌亂不堪，但是每一個音符卻是清晰的：如同一個女人不敢連貫起來的心思。我想捕捉這些綠蝴蝶一樣的音符，總是把自己的名字寫得更不像樣子。

你並沒有看我。

吉他，帽子，溫熱的嗓音……這些都是對女人致命的誘惑。你知否？

4

緣易起。但是愛生得可疑。到今天我依舊對這個字懷抱最初的信仰和敬畏，所以我更願意用另外的字來替代它。然而用什麼字呢？喜歡？仰慕？一見鍾情？都好，也都不好。都對，也都不對。我奇怪我為什麼非要給這份情愫來一個界定？

是的，我是沒有自信的。一遇見我所喜歡的，我就會先把自己敗得一敗塗地。這敗比追求容易得多。其實，除了退讓，我也是毫無辦法的。你的簽售會我沒有去。幸好沒有去，那麼多女孩圍繞著你，我一定找不到自己的位置。我一定會在莫名的嫉妒裡把自己傷得一塌糊塗。

「沒半點風聲，命運卻留下指紋，愛你卻不能過問。」然而，不能過問，我該如何愛你？哪怕靈魂，又如何跟隨你走過萬水千山？又如何告訴你：我在！

我一無是處地存在。

不過是，當你在浩渺無比的原野上生火取暖的時候，遠遠看見你被燈火照映過的背影。

如果哭，我有多少眼淚。而我只能把這雷霆埋在心裡，至死不言。

5

這一年來，感覺自己如同一個戲子，被命運牽著脖子到處跑。和不同的人吃飯，被不同的人牽手，在一個個城市裡輾轉反覆。有時候我知道你在哪裡，有時候我不知道你在哪裡，但是我不問。

若問，若知，我的心又是一次千里尋親。我害怕的不是這千里之遙，不是一路奔波的辛苦，我害怕的是月色太好，而你的門扉緊閉。

我常常想像和你見面能如何：一醉方休，在你面前痛哭流涕，把相思說遍？夜深人靜，擁你入眠，向你溫暖的身體取暖？或者，遠遠地看一眼，轉身就走？不，這些都不是我想要的，這些別人容易對你做到的事情我又何必重複一遍？

而，我該如何愛你？

你看，生活沒有給我一條正途，我越清晰地愛一個人，也會越沒有一條正途。

我能怎麼辦？我認！

「別走漏風聲，愛你比敵對殘忍，燦爛卻是近黃昏。」

6

常常想，我如果不是腦癱，人生將會怎樣不同？我一定是飛在半空裡的女子，誰也抓不住的吧，我一定不懼這半空的寒冷和危險，隨風狂舞。

其實現在，我也是誰也抓不住的人，我不過想自己把自己抓住，落在你身邊，透過你的眼睛看見一條通往另一個世界的路。我不知道我這個樣子是不是否定了現世的安好，如果這個世界還有好的部分。我從來沒有懷疑你的身上存在這樣一條路，它是專門為我設定的。

這沒有根源的假設，又叫人陷入另一種困境：你明明知道有一條路在那裡，你知道它的區域，甚至依稀感覺到它的方向，但是卻沒有辦法找到它。明明這隔膜不是很厚，但是就是無法掀開。愛情的殘酷在於：它的偉大讓這個世界，也讓這個世界上找不到家的人越發渺小。而我們也只有在愛的時候憎恨自己的渺小。

我所擁有的殘疾讓這渺小也不敢示人。

問題如此具體：我無法靠近自己殘疾的軀體，也無法靠近你。或者是我太接近自己的殘疾，由此無法靠近你。因此我不是我，你也不是你。而我們，似乎要在這荒謬的世界裡娛己娛人，與自己對抗和妥協裡找到自我摧毀的一條路徑。

7

你從台階上下來，而你的吉他豎在了那裡，這又一幀風景，缺你也美。吉他聲依舊存在，若隱若現。經過你彈撥的吉他一定有神性了。它的身體是一個寶盒，雖然我無法確定它具體裝了些什麼。我望著它發了會呆。我肯定你在某個月色濃稠的夜晚裡，用它叩問過內心的交響。

我們一起去休息室的時候，我抓住了你的手。在別的地方我也會這樣抓一個人的手：我怕摔倒，我怕走路不穩。這一年裡，我記不起我牽過多少人的手了，感覺命運似乎把它欠缺給我的溫暖不分青紅皂白地還給我，而且讓我接受得啞口無言。

明明一輩子只需要牽一個人的手，卻不得不與太多的手相牽，這是多麼貧寒的諷刺。幸運的是：在這許多隻手裡，有你的一隻。而我竟然忘記了它的樣子。那時候你說著前一次見面的情景，言辭間有一些愧疚。其實那時候我也沒有在意，只是沒想到一個熟悉了多年的名字突然一下子出現在面前，畢竟是不可思議的一件事情。唯一記得的是你的謙恭和客氣。

然後我們去吃飯，一路走過去，陽光已經下去了。看了大叔半天，說了一句：你好白哦！大叔笑著把這句話重複了一遍。那時候我沒有看你的表情，任大叔笑話我呢。可是走著走著，過馬路的時候我牽著了你的手。

酒桌上，你說：我唱歌給你聽。但是你一直沒有唱，我至今也不知道你唱〈花房姑娘〉會是什麼樣子。

喝至半醺，你在桌子對面和我說話，我聽不見。原以為你隔千山萬水和我說話我也是能聽見的，但是那一天我什麼也聽不見。於是我招手讓你到我身邊來，你就過來了，你說：丫頭，詩歌要做減法。

丫頭。我很喜歡這個稱呼，讓我心頭發熱眼眶發酸的稱呼，但是後來聽見你稱呼比你大的女生也是丫頭，啞然失笑。原來在你那裡，所有的女人都是「丫頭」，我也是其中之一啊。

臨走的時候，大叔和我擁抱。我很喜歡大叔每一次離別的擁抱。和大叔抱過以後，我想擁抱你，於是你走過來，彎下腰，擁抱。

那一刻，我覺得世界停止了運行，那一刻，我真希望時間坍塌，地球灰飛煙滅。那一刻，我是短暫的靠岸後，不再願意面對長久黑暗的歧途。

8

要說的話就那麼幾句，來不及溫熱，就已經說完。我是天生就懷抱雨水和雷霆的人，就算陽光盛大，我能夠產生的不過是對自己留在地面上影子的懷疑。我不夠自信，只不過有時候我必須拿出一副花架子向這生活討一些虛擬的溫暖。

此刻，我在橫店，在電腦上敲打出我也看不明白的一些文字，屋外面太陽光刺人，野草垂頭，小蟲噤聲。我始終無法脫離自己身上粗糙的野性，包括歎息也不能優雅。可是此刻，在這靜謐的村莊裡，多麼適合有一曲蜿蜒的吉他聲。

此刻，你在哪裡？

你說你要去西北。我不知道是往西偏北，還是往北偏西。我不知道你的行囊裡帶著一本什麼書。突然覺得，我的心如果沒有你的指引，一定會在崇山峻嶺裡迷離，找不到菩薩，進不了廟。

彷彿看見，黃沙漫漫的路途上，一個戴著鴨舌帽的中年男子行走的模樣：他目光平靜，他去向不明，他沒有方向是唯一的方向；他有牽掛，他不說，這個時候他會拿出吉他，夕陽的光一下子就會找到它想要的一些音符。

此刻，你的淒涼是最大的富足。此刻，若有風聲，請往橫店吹。

「若你看出我那無形的傷痕，你該懂我不光是好勝。亦邪亦正我會是誰的替身，真作假時假當真。」

9

我會是誰的替身？

我能替代的一定不是現世裡任何一個人。她們不需要我這樣的替身，她們接近你的途徑比我寬闊，別人和她們自己都不能成為阻礙，這是多麼幸福的事情啊。這樣的幸福不知道可以怎樣無限地延續呢。我吃盡了這種幸福的醋，把自己酸得無藥可解。

我能替代的依舊只是我自己：前世的自己或者來生的自己。正常的自己，健康的漂亮的自己。我一定在那個時候遇見過你，只是今生，我想是我故意蒙蔽了自己的眼睛，沒有人能看清楚我，包括我自己。

也許是誰做了我的替身，種邪惡於我體內。如烏雲遮住了所有的星光。如果是這樣，我甘願懷抱巨大的傷痛和甜蜜在無比的黑暗裡無怨穿行。

於是我在你面前也不敢把這隔膜掀開。但是即使不掀開，你也已經看見了我：卑微的我，不顧一切的我，小心翼翼的我。無能為力的我，如同這個世界，我以血供奉的人生，它不能給我一個笑臉，它同樣無能為力。

我不喊你。

呼喊你的，只是我身邊的那些花草樹木，蔥鬱的時候，它們在喊；枯萎的時候，它們也在喊。

10

形同呻吟，形同哭泣，只是都是無聲的。

終是無法交匯的生命軌跡，終是無法摘取的鏡中花。我在這裡害怕說起生命也是一場虛無，我害怕這樣的對應讓你無所適從，讓你因一個局外人受到傷害。

而，我在想你。我在許許多多的想念裡分別出單獨給你的那一種：最不可靠的，最縹緲的，也是最不容易根除的。風從門口悠悠地吹進來，一部分消逝在我的身體裡，一部分去向不明，還有的，自身銷毀於自身了吧。

泰戈爾說：人的命運啊，你多像一陣風。我不知道這樣的命運裡，我是不是就是風本身了呢。如果是，在你身邊我肯定是停泊不了的。

在你身邊，我停泊不了啊。

所以你也不必知道，每一片風聲都是在想你。

秋夜深幾許

我聽見風在屋脊和香樟樹上迴旋，如湧動的潮汐。我在關著門的房子裡，風似乎就吹不到我了。屋後的樹葉啪啪落在院子裡，明天早晨看，又是厚厚一層，掃了，一會兒又一層。母親走後的這個院子似乎比往年荒涼，我不敢想她，我最深地感受到了人間的淒冷。明哥，你知道我多希望你來看看我。

我家周圍一樣經歷著有房子以來最深的荒涼。傍晚的時候，我和小花一起坐在屋外，我們再也無法和從前一樣看到夕陽落下去的過程，新農村的房子遮住了我們的視線。我和小花一起丟失了我們的家園，這和我失去母親的痛苦是一樣的。明哥。

新農村建設改變了我的家。改變了我們的文明，我們的風俗，這同樣是無法挽回的啊。

憂傷的小花長時間趴在地上一動不動，牠的眼神憂鬱，如同被一個欺負了的孩子。風把牠脊背上的毛一根根豎起來，牠的毛很厚也很髒，我從來不給牠洗澡，但是我喜歡撫摸牠的脊背，如同撫摸一個委屈的孩子。天色陰沉，風冷，我們不知道往哪個方向看。四周都是房子，整齊得可怕，我們被困在這中間，出不去。

我知道這個時候小花依然在門口的香樟樹下，我不知道牠如何打發這漫漫長夜，風這麼大，我真不希望牠聽到風裡的危險，因為那是多麼傷神的一件事情，而可憐的小花又一次懷孕了，每一次懷孕，我看出牠是憂傷的，牠不知道牠的身體為什麼沉重了起來，牠也不知道為什麼就有幾個生命在牠肚子裡孕育。而我，和牠有什麼不同呢，稀裡糊塗地活在這個世界上，不知道被誰欺負著。

明哥，我很想你。但是我不知道如果你真的踏著秋風走到我面前，又能怎麼樣，嗯，你就對著我笑吧，這樣最好了。唉，我多希望我們能夠和古人一樣，在細密而緩慢的光陰裡去看看對方，踩著雪，一步一步慢慢走。但是這是多麼幼稚的一個想法。你來看我的時候總是開著小車，從你那裡到我家，不過半個小時的車程。而明哥你，每一次看我，也似乎沒有超過半個小時。半個小時，三十分鐘，如果過成三十年多好啊。

那天下午，回家經過你的城市，我給你發微信說我想你。是的，我想你，如同一個被遺棄在人群裡的孩子孤獨無助，而我又從來不想你給我依靠。是的，我從來不想你給我什麼依靠，我的愛或者是感情都是風裡的飛絮，而我，的的確確是這個大地上的浪子。你說：真實的感情都是美好的。明哥啊，我多希望這感情是虛假的，虛假的都是輕浮的，它規避了人的苦痛。

而，明哥，我對自己已經不抱希望：我曾經喜歡的人，我以為能夠一直喜歡下去，但是我媽媽的去世讓我一下子心灰意冷，我對別人和對自己都一下子不再信任，這種不信任一旦產生就無法挽回，明哥，如果哪一天我也如此不再信任你，一定是我對自己產生了更深的懷疑，而沒有了我的牽絆，你當然更輕鬆。明哥，你說我們要一直好好的，而那個人也說過要一輩子好好的，我都為你們所說的話歡喜過。

你看看，我就是這樣一個沒有出息的人，總是為情所困，總是為這些沒有結果的事情熬心。我一定是上輩子作惡多端，這一生用來償還的，如此說來，明哥，我也是上輩子欠了你的，不然不會如此對你心心念念。而我總是一眼就能看到命運的結局，這是最大的不幸。命運它沒有辦法欺騙我，而我又是最需要被欺騙的人啊。我知道說這些你都不愛聽，沒有人願意聽一個女人嘮嘮叨叨，好像受了幾輩子苦似的。

而我們所受的苦，命運其實已經默默地償還給了我們。最好的回贈就是心靈的安詳，我越來越多地得到這樣的饋贈，比如這個夜晚。我感覺最好的生命形態就是能夠和自己喜悅地相處，是的，我是喜悅的，悲傷的喜悅。悲傷有時候也是一種索取，它要求我們給出淚水，給出絕望，也給出對一個人的深切呼喚，比如我對你的呼喚。

往年，我對季節的變化沒有這麼充分的感受，它總是鋪天蓋地沒有縫隙地包裹了我的時候我才能感覺到它的存在。而這個秋天，我一下子就感覺到了，我不願意說我年紀大了，我不願意說是我的身體對冷天氣的敏感。我們的生命已經不知不覺發生了變化，而且有些變化一旦形成就再無法回到原來。比如我感覺到對你的愛慕的時候，那份交往的淡然已經無法回頭。

秋天的夜晚是安靜的，是一種微涼的淡藍色的安靜，也正是一個四十歲的女人的安靜。風在屋脊和樹梢上盤旋，多麼像《咆哮山莊》裡的夜晚，而我寫這些文字的時候停電了，屋子裡沒有蠟燭，我摸索著在電腦鍵盤上打這些字，偶爾想起一些事情，生命的虛無撲面而來，我們有許多抵抗虛無的辦法，但是不過是在更大的虛無裡，這是無法改變的事情。

唉，我這個悲觀主義者，知道和你的觀點都不一樣，你就像一團火，在有限的生命裡無限地跳躍，我有時候也是自己的局外人，直愣愣地看著自己怎樣一步步滑向不可避免的結局。天啊，既然結局都一樣，明哥，能不能讓我好好愛你？我們的時間已經不多了，你的每一個猶豫都是對我們的損傷。

我的房子後面是一排橘子樹，它們的枝丫抵在屋簷上，這個時候發出窸窸窣窣的聲音，偶爾一聲很大，把我嚇一跳。我想像它們在黑暗裡在風裡沉重搖擺的樣子，如鬼魅附體一樣。我倒真是希望世界上有神有妖，當我們的生命掉進懸崖的時候還有一個容納的地方。這個時候貓是不會順著樓梯走上屋的，這個時候也不會有一隻老鼠在等牠。

有時候我總是聽見樓梯上形形色色的腳步聲，我從來沒有害怕過。我很慶幸不同空間的事物和我離得這麼近，我甚至期待它們出現在我的面前和我說說話。我有時候被孤獨折磨得死去活來，哦，也許是欲望，身體的欲望，愛的欲望，誰知道呢。

秋日一記

我太急切了，所以跌了一跤，但是幾乎沒有任何過程，我就爬了起來，彷彿剛才的一跤根本沒有發生過。站起來我想了很久：為什麼那麼快就起來？這同樣沒有答案，沒有答案的事情比有答案的讓人愉快。不遠處的人群沒有留意到我，當然他們是否留意也不會影響到我什麼，我覺得跌跤和觀瞻沒有任何關係。

快遞到了，讓我去取。我不知道這一次快遞的是什麼，書，衣服，日常用品這些可能性裡，每一種給我的愉快也不過是從地上爬起來的愉快。但是它們在引誘我：讓我把這庸常的日子維繫下去。它們是從遠方趕來的小小的鼓勵。我想著，在這些快遞裡，也許會有一次，給我一個偌大的驚喜。

天啊，欲望如此容易滋生，一定是讓我從什麼事物裡區別開來。融入和區分是一對時刻存在的矛盾體，可是它們的關係又彼此依存。我想和那些正在幹活的人交流，同時對這樣的交流不懷好意。我始終認為，交流與理解無法成正比，理解與快樂本身也不能成正比。這樣的理解讓我媽媽生氣：她以為我不愛說話是性格問題。而我認為所謂的性格本身是不具備問題的。

小時候我容易摔跤，我害怕摔跤後被人笑話。後來我對比正常人的摔跤，人們也是會笑話的，所以他們笑話的不是哪一個人，而僅僅是摔倒的這個過程。為什麼會笑呢，因為生活實在太平庸了，一點小意外會讓人欣喜若狂。我對這樣的身邊人和我自己充滿了悲憫：上帝給他們的太少，以至於他們對一個走路時候的不小心充滿了關切。

結婚以後，晚上一個人走夜路，也會摔跤。特別是下雨的時候，無論我怎麼小心翼翼，都避免不了跌倒的時候，回到家，他也會笑話我，這個時候，我的身分不是一個人的妻子，是自然屬性裡的一個人，他的生活也實在平庸，平庸到需要取笑自己的妻子。他不知道的是那個時候，我已經把自己妻子的身分取消了。

把一種身分取消。我無法肯定這是好事還是壞事，好在所有的身分都是社會屬性，都是別人眼裡一個人的角色，當你不要它的時候是沒有任何損失的。問題是我摔跤的時候看到人性的悲涼，而在悲涼裡退縮出來，而這退縮的過程消耗了我二十年光陰，所以現在有人說我像一個鬥士，而我不過把自己鬥得不像樣子。

寫到這裡，我突然想哭。想想應該摔得厲害一些，給自己一個哭的理由，但是我不疼，所以哭不出來。一個人無論在什麼時候哭，都是哭給自己看。我爬起來繼續走，一些野菊花在風裡搖晃，它們開的時候我總是不夠熱心，等到快凋謝的時候，我才想起它們那樣燦爛過，但是好在，它們開的時候，我也在盛開的時間裡。

這和我很像：我開的時候，沒有人來，我卻以凋零的哀愁讓路過的人為之一歎。當然，我開的時候如果有人來，也不過是如此一歎，沒有根本的區別。所以人們總是哀愁在自我的假設裡。但是能夠哀愁也是好的啊，如同秋天裡野菊花蓬勃的內心。

一朵菊花，可以看到太陽和太陽來回的過程，因此我們具備了熱愛萬物的心腸。也許宇宙不只一個，它以不同的形式躲藏在萬事萬物裡，能看見的眼睛是慧眼，能感受到的心靈是慧心。我們的一生不過是從愚昧到智慧行走的過程，所以那麼多枝微末節都理應用心去愛。

一朵菊花也足以看透人世蒼涼：準備了那麼久，不過幾天的花盛之期。如同一個人剛剛知道打開生命的方式就已經老了；也如同一段愛情：剛剛給出了甜蜜就已經有了厭倦。時間匆忙，我們在無限的無序裡，好不容易找到了一種明確，而這明確似乎還不夠充分就已經模糊去了。

所以世界的樣子就是你眼裡的樣子。除此以外，沒有可以說服自己的了。但是我的確恰恰喜歡這樣。

一年裡，秋天是最具備植物性的。一個人年輕的時候多半是動物性，只有老了，才從靈魂裡生長出植物的根鬚。有了植物性，大地從容，生命也從容了：一個枝條垂到了地面，不過是彎曲起來重新向上。一個人跌倒了，不過爬起來，繼續走路。生命就是這樣一個過程，無論好壞，善待便是。所謂的善待就是你跌倒的時候根本不需要看看四周有沒有拉你的人，已經用這個觀察的時間爬了起來。

我走得很慢。野菊花也凋謝得慢，它們對急匆匆地綻開已經有了悔意：好像還有的底色被浪費了，沒有及時舉出來。天色陰沉。「天色陰沉就是讚美。」這句話可以延伸出無數類似的出來，但是這一句卻獨得我心。大地上的每一天，每一種植物，每一次綻開和枯黃都是讚美：讚美被看見，讚美看見了的人。有時候我覺得活著本身就是對生命的讚美，殘疾本身就是生命的思考。思考的過程當然允許痛苦。

而孤獨是一個人對自己最崇高的讚美！

村莊寂靜，一些人從身邊經過，幾年前，她們是潑辣的小媳婦，現在她們的身邊有了女兒的女兒，她們是奶奶輩了。小小的孩子跌跌撞撞在花叢裡挪步，她們小心翼翼地跟在身後，人老得無聲無息，也老得細水長流，而衰老的哀傷也就細水長流，沒有轟轟烈烈之感了。

在這些讚美和被讚美的事物裡，我總感覺到浩大的哀傷。這哀傷因為大而自行稀薄了，它讓人空餘出力氣把餘下的日子過完。我們不能用生命的虛無來體罰我們自己，它就應該瑣碎到柴米油鹽，雞鴨豬狗。每一張蠟黃的臉都應該獲得尊重：她們承擔了我們沒有說出的部分。

走到這裡，我突然不想去了，於是返回，我想明天去也不遲。

杰哥，你好

1

今天是冬至過後的第二天，杰哥。最漫長的一個夜晚過去了。當然，夜的長短對我們而言，不過是時間的虛擬。昨天，我寫了一首詩，寫我乘飛機的一個過程，寫我在生死之間呼喊你的名字。那時候我想，如果這樣消失，未必不是一件好事情，不定以後我還會弄出什麼幺蛾子。我像一個危險分子，在不受待見的人世裡上躥下跳，不知道該把自己往哪裡放。而我能把自己放在哪裡呢？杰哥，你知道多大的名譬就意味著多大的毀損，人世，沒有一枚好果子是給人吃的。

我跟你說過，我不在乎。如果你沒有看到這一切，我就不在乎。後來，我又想，即使你看到這一切，我也不會在乎。我是一個頑固不化的中年女人啊！愛得固執，怯懦得固執，單純得固執，複雜得也固執。如果讓你來了解我，這是多麼不合算的事情。而我，我的的確確從來沒有奢望過你了解我，我心虛，我膽怯，我對我所有的一切沒有自信。我的怯懦有時候也保護了我，讓我在面對感情的時候抽身而去。杰哥，我依然無法面對一個男人的深情厚誼，我更沒有辦法面對兩個人單獨相處時候我的怯懦和害怕。

你還記得嗎，一次，你開車去火車站接我。那時候我多高興啊，我如同一個迷路多年的孩子終於找到了回家的路。我幻想和你見面的情景，我幻想和你吃飯的場景，我甚至幻想我牽你的手的場景。我以為，只要有這樣一次見面，我就對得起我的人生了。但是，在你車上，我只敢坐在你車後面，我只敢看著你的後腦勺，看著你頭髮漸薄的後腦勺。我覺得我就應該在這個時候遇見你，遲了不好，早了也不好。

我喜歡你說話的樣子。特別是你談論文學的時候，我喜歡你那個樣子：你談《紅與黑》，你談《包法利夫人》，你談《紅樓夢》。那時候我幸福又哀傷。幸福的是：我能夠通過這些文學作品接觸到你。哀傷的是：這兩顆相似的靈魂如果沒有文學作品怎麼相遇，我們遇見的管道是否太狹窄？後來想，我的要求是不是太高，我希望每一條道路都通向你，而留給我的卻只有如此狹窄的一條。

而畢竟是遇見了，不管怎麼說。有時候我真感覺在灰濛濛的鄉村和城市裡，沒有比這更高貴的事情，我一直在揣摩，我所有的，我一切的榮譽是不是就是為了讓你看見我，知道我的存在？我一次次打消這個念頭，我擔心我的狹隘會束縛自己也束縛你。杰哥，當一個人已經無法為她所愛之人拋開一切的時候，她是殘忍的，是痛苦的，是無助的。而比這更痛苦的事情是，她把這一切承擔下來，認為這是自然的，無關緊要的。

2

那天，我問了你一個問題。我說：最近，我常常感覺到溫暖，是因為你嗎？這是多麼愚蠢的問題啊，我知道它的愚蠢，我還是問出來了，我在你面前小心翼翼地任性，而且我還知道你不會給我一個滿意的答案，但是沒有關係，只要你給我一字半句我就很高興，由衷地高興。果然，你說不是因為你，是因為生活本身的賜予。

好吧，所有的一切不都是生活賜予的嗎？

的確，我最近感覺到溫暖。彷彿圍繞在周身的空氣也是溫暖的，透明的。我好久沒有這樣的感覺了。我對人間一些不好的事情也充滿了原諒和悲憫。我想這最大的可能是因為前一個月我見到了你！那天要開會，前一天接到通知，我特別高興。你知道嗎？這一年，我經過了那麼多齷齪的事情，我成天心驚膽戰。如同驚弓之鳥，惶惶不可終日。但是想到能夠在開會的時候見到你，我多麼高興。後來，又通知會議取消，我特別憂傷，我又錯過了一次見到你的機會。幸虧第二天又通知會議照常進行。

你和從前一樣，沒有什麼改變。你和從前一樣，和我保持著距離；我也和從前一樣，見到你就莫名緊張，緊張到手心都是汗。杰哥，你看看吧，我就是一個見了多少世面在你面前也不能自在的女人。我和從前一樣，只敢隔著人群看你；我和從前一樣，千言萬語，一個字也不敢說出來；杰哥，我覺得我的膽怯是有利的：讓你不會因為一個殘疾的女人的殷勤而尷尬，讓我也不會因為得不到你的回應而憂傷。

我靜靜地看著你在會議上講話：我熟悉的動作，我熟悉的表情；我熟悉的你曾經單獨對我講過的故事。我知道你會在什麼時候停頓，我知道你會把故事往哪個方向講，我甚至知道它的結局。我知道這一切，我卻還是不去窺探你的祕密。杰哥，我需要你向我保證，有的祕密，你什麼時候也不要告訴我。有的痛苦，你什麼時候也不要告訴我；如同我一樣，我的許多痛苦也不會告訴你。我要給你留一間最大的房子，裝滿你所有祕密。

看起來我像一個孩子在和你說話，儘管你也一直說我就像一個孩子。但是杰哥，你不覺得這是最要緊的問題嗎？我們的人生需要足夠的空間。當然如果你想說，我也會好好聽。那天我說：我給你準備了很多酒，你說你有一天會把我的酒喝完。我想我得不停地買酒回來，哪怕不是為了留住你。

會議結束。本來是約好和別的朋友一起吃飯的，但是我推掉了。我就想多看你一會兒。可是看你的時候我也是緊張的。而且我想起我這樣的緊張曾經也對別人有過，像一個謊言，又明明存在。

3

人們圍繞著你，真的如同一群星星圍著月亮。而實在的，你在我們這個地方，也就是一輪圓月：你的見識，你的膽氣，你的人品的確沒有人能夠比得上。有時候我想，在同一個時代出現一個優秀的人是一個時代的人的福氣，在一個地方出現一個人中之龍是一個地方的福氣。這麼說，肯定不是在拍馬屁，哈，我多希望自己會拍馬屁，哪怕是拍你的呢。但是沒有比我更愚笨的人了。

這樣的話我也對詩人朵漁說過。朵漁的詩歌，他的批判精神，他不與時代妥協的性格是我們這一代人所缺乏的。我們這一代詩人裡，沒有幾個硬骨頭。別說什麼個人價值觀了，我們連形成自己價值觀的能力都沒有。這是很悲哀的事情，然而更悲哀的是如同我這樣的，知道自身的缺點，知道人格的缺陷，而我們沒有能力改變，我們的骨頭都是軟的。

杰哥，看起來這都是虛幻的東西，看起來，它就是精神層面的東西。但是它又影響了我們的行為，這是不爭的事實。我想說什麼呢？我想說我對一個人的稱讚都是發自內心的。我這樣說你，是我除卻了情感的因素對你觀察的結果。我是多麼矛盾的一個人啊，我既做不到像玲兒一樣對你單純的喜歡和愛戀，我也做不到像一個女匪一樣把這些細微的情感放置一邊。一個人的性格決定她自己會遭受的困境。我曾經想是不是我要求多了，但是不對，還是因為我沒有成熟的性格導致的我的困境。在許多時候，我又如此膽怯：他們和你說話的時候，他們對你提要求的時候，他們圍繞著你的時候，我在一邊呆呆地看著你。這真是可憐，我只是想把這能夠見到你的時間，把你的每一個表情、每一個聲音都記下來。

我能做什麼呢？我甚至不能裝模作樣地和別人一樣走到你面前和你寒暄，我連寒暄都不會呀。但是我心裡卻有一種呼之欲出的東西，無法抵抗的東西，甚至我沒有能力表達的東西，它就在那裡：在我淺薄的身體裡，在我和你之間的每一粒空氣裡，它就在啊！越到後來，我越沒有辦法把這東西說清楚，我越不敢觸摸，彷彿一個觸碰就會引發什麼。

回想起我也曾經在另外一個人面前這樣過。但是那時候我還多一種恐懼，那時候面對的不僅僅是單純的情意。哈，杰哥，說起來，我比你更早認識他好幾年，但是前幾天我們見面後，他送我回家，我還是不敢在他面前多停留一分鐘，像老鼠一樣溜走了。我對自己只剩下嘲笑，那個在網上被視作「蕩婦」的人，那個寫〈穿過大半個中國去睡你〉的人真是枉對這一世花名。

我想我最近感覺到的溫暖也許就是和過去的人的和解。和他們的和解，也就是和自己過去的和解。杰哥，我真是冤枉啊，一些女人輕而易舉就能夠做到的事情我卻付出了半生努力。你告訴我，這值得嗎？我不需要他們的了解更不需要他們的理解，這些對一個人的生活和生存是沒有一點意義的。多少年裡，我已經打消了被人理解的念頭，我覺得這是一件可恥的事情：我們如此卑微的人生怎麼能夠要求別人理解呢？而所有的理解，哪一個是沒有錯位的呢？我更願意活在別人的誤解裡，甚至是你的誤解裡啊。我最近感覺到的溫暖，杰哥，我想更多的原因是我感覺到你的存在。

你的存在，對我而言就是安慰。就如同朵漁等人的存在對於現代的詩歌就是安慰一樣。我能夠感覺到的溫暖也是因為我主動把我們的距離往外推了一釐米，我再不敢那麼急切地站到你身邊，當然我也從來不敢急切地站到你身邊。儘管有這麼多的不敢，我還是覺得我有一些急切，雖然我們的生命漫長，而愛，對我而言，只是一個證明，而不是一個過程。你看好端端的我又說到了愛，我是多麼庸俗的一個女人。杰哥，我能以什麼去愛你呢？我能拿什麼去愛你呢？在我而言，愛就是實實在在的行動和給予，而現在，我拿什麼給你呢？杰哥？

4

那天，約好了和幾個朋友喝酒，包括我認識多年的那個人，但是後來知道我們要一起吃晚飯，我毫不猶豫放了他的鴿子。哈，放一個曾經被自己喜歡的人的鴿子真是一件快樂的事情。當然，我從來不屑在與人的交往裡耍什麼心機，我覺得我不是為了這些心機而來到這個世界上的。所以，杰哥，我永遠是一個傻頭傻腦的孩子，無論你怎麼為我著急，我也是長不大的孩子。常常，我為此而憂傷而煩惱，你不可能喜歡一個沒有腦子的女人，但是我能怎麼辦呢？

我知道在酒桌上我會幹什麼事情。我的痛苦在於我的出醜賣乖，我的洋相都是我預計好的，都是我可以避免的。但是我又不想避免，我何必去避免？如果沒有醉意，我哪敢對你多說一句話，而我有那麼多的話想對你說的。我喝不了多少就會醉，這是一件好事情。所有的喝酒不都是為了醉麼？不然我們為什麼要浪費酒呢？我的醉也是預計好的，如同我和你的相遇也是預計好的。當然這是命運的安排，卻不是像喝酒這樣的事情是能夠被我們左右的。

一個人醉酒是他自己想喝醉，這絕對是一種主動。那些說是因為別人把自己喝醉的人是不誠實的。有時候我就想把自己喝醉，醉了以後，我就會放鬆一些，我就沒有那麼緊張，沒有對這個世界和人的恐懼了，也沒有面對你的時候那麼緊張了。有時候我想，我是在以醉意扶正醉意，以自己的戲謔對抗人生本來的戲謔。這是我一個人的祕密，一個人的遊戲，我不希望有人看穿。杰哥，在你面前微醉，我就能把我的委屈和哀傷全部壓回心底，我乾脆就以你不以為然的孩子的身分出現在你面前。

其實怎麼做都是牽強和做作的。如果此刻，我一個人在我的房間裡，這安靜和時常湧上來的歎息是真實的我，這心疼和透明的溫暖以及透明的絕望圍繞的我是真實的；如果我夜半醒來會叫一叫你的名字，如果這些都是真實的，那麼在你面前歡笑的我，在你面前滔滔不絕說話的我，她又是誰？一個人在社會裡彷彿多張面孔的轉換，真是一件辛苦的事情。想著你更是如此，想著你不得不在許多場合裡隱匿一些東西，你是多麼痛苦呢？而我又無比地相信你：在快樂和痛苦之中總是能抓住最真實的自己，當靈魂在社會的鋼絲上顫顫巍巍地行走的時候，你一直都能夠找到平衡的那個點，那個遊弋著的平衡的點。

5

很久以前，我讀你的作品，那時候想見你的衝動一閃而過，彷彿曇花一現。那時候我還不知道文學對我們意味著什麼，我甚至不知道它已經在我的身體裡丟下了一顆種子。那時候我的生命還是混沌的，如今也沒有明亮多少。但是你的文字真是揪住了我，讓我和一個女孩的命運聯繫在了一起。這些曲折的事情如今匯聚成了一個明亮的答案：讓我認識你！有時候我想著這些，就感覺到溫暖和神奇。而無疑，杰哥，你是最溫暖的溫暖，最神奇的神奇。哈，這些聽起來真是小女人的情話，說情話也是創作呢，不，是發現。發現我還能說，我還可以說。不管怎麼樣，這是讓我自己感覺愉快的事情。

有時候我想，我所有的努力，命運所有的安排是不是就是為了讓我在我的位置上如此歡喜地看見你。可是我不願意這麼想，我是貪心的，杰哥，我想要生命為我打開得更廣闊更深邃。我要在這所有的路都通向你以後，還能從這些路上返回去，儘管我知道這是多麼困難的事情，而我知道你會喜歡這樣，所以日子悠長，我一邊靠近也一邊遠離。

你寫的那篇小說，真實的小說，我讀了許多遍。每一次讀，還是會流淚。如果玲兒，她不曾喜歡你，她的生命哪會這樣動容？而杰哥你，如果想起，除了感覺溫暖，還有生命的加持。我想在你累了倦了的時候，回憶往事，雖然人已不在，但是溫暖還在，我們活得有所依持。並不是我和她一樣身體不好而兔死狐悲，這淺薄的悲憫已經在我的身上慢慢轉化成思考。一個人一輩子單純地活著，一輩子就喜歡一個人，這是上天的恩寵。一個人，如同我，情無所依，活得張牙舞爪，這是上天的懲罰。而恩寵和懲罰有時候也混為一團，這是生命的魅力。

我們都在用力地活著，幾乎表演般地用力。死去的化成了土，活著的把這土堆積成了山。我和你，如同這江漢平原上的兩小小山頭，陽光裡、風雨裡互相打量。就等著百年以後，各自山腳下的土在雨水裡混合在一起。寫到這裡，我想放棄還寫下去的心情。

他從雪山經過，走下來

即使遇見，也是在白茫茫的時空裡。空間是白的：沒有任何事物為這一場遇見準備嬌豔，嫵媚；果實是虛擬的，沒有到秋天就已經中空；好吧，燃一場煙火，那些劈里啪啦的響聲注定不會墜地，就消逝於自我與本來。

我從任何角度描繪那一場相遇都有虛張聲勢之感。好吧，活到這個年紀，我們把用舊的肉體放置一邊，因為它的角色已經司空見慣，我們且說它可有可無。其實所有可有可無的東西在確定存在的事物消逝以後反而比曾經實在的東西誠實得多。一顆誠實的心是容易表達的，而這以後，你得長久面對我的肉體，我會心疼你的疲憊不堪。我會因為我的肉體配不上我的心靈而越加羞愧。

嗯，我安排了一座雪山給他。給中年已經歷經世事的男子，不大的雪山，山腳下甚至有細長的草圈、散漫的流水以及小群羔羊，在陽光下，毛色發亮的那種。甚至，還有一個年輕的異族姑娘在不遠的地方居住，總有一天，他會發現她，愛上她，然後棄她而去。你看，我總是這麼苛刻，總是一下子就說出命運的安排，所以命運和他都有理由對我惱羞成怒。分離在遇見以前就已經潛伏在路上，這是安排好的劇情，是憂傷的撫摸。我們也得給命運一點活路：如果遇見過於美好，就不適宜在這樣的遇見裡多待，生命的好意一下子用完總是有些過意不去。

可是，在虔誠裡打開的必然是誠惶誠恐的虔誠，就算知道患得患失已經預言了必有所失，可是我還是想把這所失盡力失得合我心意。他在遠方，那時候想去看他的火車遲遲沒有開來，到如今想必已經開過去了，只是我一個恍惚就錯過了。命運的安排之下，我不想虛情假意地說什麼遺憾。嗯，我曾經模模糊糊地想過去看他，坐著綠皮火車慢慢悠悠地一路晃過去，把沿途的風景都看飽了，最後去看他。我已經安排好了一次錯誤，而且預先已經拋開了結局。但是結局永遠出乎意料，所以有著自欺欺人的本質。

但是我走了一半，遠方就傳來了消息：他們在一起了。他們沒有按照劇情的安排，提前在一起了。那個年輕的女子把羊群趕到他房前，任他撫摸，任他讚美。天蒼蒼野茫茫，他們都以為這是必然的遇見，但是不想預計必然的分開。愛，從開始的糊塗淪為更糊塗，只有糊塗到血肉模糊才可能重新探到一條必然的出路，而現在，當然不是時候。

我停了下來。停在異鄉，我聽不懂人們的方言，也不了解他們的語言不知不覺形成的咒語。我不認識當地的植物，它們茂盛的樣子就是為了剎那的凋敗。不燦爛到極致，怎麼悲慘給你看。「人間的悲慘是把美好的事物撕碎給你看。」人間還有一種隱匿的悲慘就是我知道我會怎樣燦爛，但是我已經沒有了心情給你看。我知道給你看了你會怎樣歡喜，但是你的歡喜與我無關。

我停下來。一個異鄉人停在另一個異鄉，我用這比絕望更明媚的衝撞把一個身分從一種心情裡拉扯出來：流浪對應了先天性注定的流浪，如同一個乞丐找到了他的乞丐服。我一停下，關於愛情的預言就敲開了我的門。哦，天啊，我怎能不明白，我只是想堵住自己的耳朵，盜一只別人遺棄的而我還沒有見過的鈴鐺。

這樣的地方不會缺一個小酒館，當然也少不了對一個買醉的女人好奇的人。他面目慈祥地看著我，鬍子還很乾淨，沒有沾上酒精。我嘮嘮叨叨跟他說這些，彷彿把半輩子交給了一個陌生人。而天地之間，只有永遠的陌生人，我這麼對他說的時候，他溫和地笑著。他說：你要找的那個人也可以在任何一個地方找到，你不過對自己留著小心眼。我對他說：像你此般聰明，葵花都不會在你面前開了。他說：它開它的，它不會管我，我沒有喝醉的時候也可以看看。

是的，那個小鎮上的葵花開得一派燦爛，彷彿就為了讓走到岔路口的人迷失方向，大搖大擺地告訴你葵花是圓的，地球也是圓的，你不過是在和自己繞彎子。寂寞的傢伙都會這麼做，這沒有什麼稀奇的。但是你不能把答案說出來，說出來，無趣就會懲罰你了。我說：其實和你在一起也舒服。他說：今夜月光好，我將啟程，不介意的話，我可以帶你一程。我說好。

我總是不小心就丟在後面，在小小的陷阱裡把揮之不去低頭更稠的憂傷任意放大，他對我的小把戲置之不理，而我在對自己的鄙夷裡像潑水墨一樣把這悲傷渲染得濃墨重彩。後來他越走越遠，直到看不見。可是我想遇見他的時候，他一定會酌著月色和喝酒。偶爾我想如果我們在一起，後半生也會多杯溫暖，但是就想想，想想而已。

我沒想到我給他的雪山會是化不開的雪。他和那個姑娘常常看著雪山發呆，發呆的時間長了，她會問：我為什麼遇見你？當他們一起從雪山上滾下來的時候，她就問他：我為什麼遇見你？那時候她是迷糊的：當他們的肉體融合在一起，她的身體是滿了，但是她的世界空了。她需要一個人站在她的雪域高原上，而不是穿過了她身體的一個人。於是她把他推遠，於是她把羊群趕得他再也看不見。

原來許多人向你打招呼，只是告訴你他的存在，他的故事輪不到你寫。其實我們想為一些人寫一些故事，不過是偶然遇見，酒醒之後，無事可幹。而現在的我並不是為一個人著墨，也不是擔心那麼快就忘記一個人，只是好可惜：我們的生命裡再沒有至死不悔的遇見，遇見以後也沒有人忍得住悵然若失的平凡。

我用生命的二十分之一愛你

胡濤：

我的親愛的朋友，寫下你的名字的時候，天氣好得讓人忘記了根深柢固死的欲望和昨天深夜我們聊天的時候附會在我們身上和整個房間裡的陰氣。許多事情都讓人無能為力，當我和你遇見的時候，我就是倒立著在人間行走的人。許多年，我幻想在一次次和別人的交往裡把倒立的影子扶正，我雖然早就知道這是不可能的事情，但是我又勢必戲謔著讓自己這樣蹚過無聊的人生。

親愛的，我總是如此悲觀。反而是這樣的悲觀讓我與你，與這個世界保持了必要的距離。當然如果有時候我活得不耐煩了，或者我等得不耐煩了，我就會把它破壞。我們一直在被破壞著，不是被這個世界就是被自己。而破壞在人群裡，不過又是一種戲謔，沒有人為之唏噓。當然所有的唏噓和同情於我們本身是於事無補的：所有看客的心態連接起來也無法縮短我抵達你的距離。

昨天和田老師聊天的時候，我一不小心走漏了心裡的風聲。我說我有一份深情，卻把它分成了二十份，它們因為零碎，而讓我躲避了孤注一擲的危險。你說我花心，我就很得意，但是我沒有問你我是什麼花，是牡丹花還是夜來香，反正什麼花都是花，我最喜歡的是罌粟，拋棄了慈悲的罌粟，讓大地塗炭的花。前幾年，我的老情人（如果沒有上床的能稱為情人，你得原諒我情人遍天下），好吧，還是說老朋友比較合適。我的老朋友老亦說我是貓兒眼。貓兒眼太普通了，我現在走出門去，田埂上到處都是：翠綠的葉子層層疊起，疊到上面就是黃色的了，如同貓的眼睛。

貓兒眼是有毒的。牛羊從來不吃。但是那一年，當我陷進無端的絕望裡，我相信這樣的絕望會不停出現，包括現在和你的交往裡，也包括以後我遇見不同的人。有毒的貓兒眼在外面鄉村鋪天蓋地，但是沒有一個人因為它而中毒。如同巨大的絕望鋪天蓋地，我們無法選擇在最好的絕望裡死去。那一年，我扯了幾根貓兒眼吃了進去，我就想看看它在身體裡的反應，結果如果排除我的心理作用，它根本沒有影響到我。

就是說它的毒不大，或者是隱性的。去年我媽媽得癌症的時候，我得了一個偏方：就是把貓兒眼煮雞蛋，讓它的汁滲透到雞蛋裡，以毒攻毒，但是我媽媽那時候在化療，承受不了它的攻擊，吃了幾次就不吃了。但是的的確確有人用這個偏方活了許多年。人得了癌症，直到死去，人們總是以為他是病死的，其實實際情況誰也不會那麼清楚。

說到花，我栽的一棵薔薇開了，但是不是薔薇，是一種下賤的刺花，它譏諷般地開給我看，在風裡顫抖著落下。我被淘寶商家欺騙了，但是我沒有和他理論，甚至不給差評，親愛的，我這麼善良，你怎麼辦？但是花就是花，不管它是什麼花，開了就是慈悲！（就像不管什麼愛情，睡了才是硬道理一樣。）花不開怎麼凋謝，愛情不睡怎麼完蛋？事情如果懸著，總是讓人不舒服。

你看，我總是這個樣子：種不出好花，說不出好話。我本來就種一棵好花，讓它大朵大朵妖豔到不要臉地爬滿我破敗的門楣，但是它不遂我心。許多事情我們懷著美好的心願交往，但是結果總是差強人意。但是我們還不能沮喪，因為這樣的事情一定是讓人沮喪的，沮喪已經沒有了新意。而且我們還不能對這樣的事情懷抱不滿，因為它呈現給你的永遠都是事情本來的樣子：如同我喜歡你，而你不喜歡我。

是的，這沒有什麼丟人的：你不喜歡我，是因為你的靈魂無法和我對等，鬼知道你是不是真的有靈魂呢，而且死了能不能變成鬼都不知道。而且我不過用了我生命的二十分之一喜歡你，如果有可能，以後會上升到十分之一，這個比例已經夠大了，我得想想是不是划算。而且如果這些日子我對你的牽掛已經抵消了這二十分之一，那以後我們就沒什麼關係了。各自裝模作樣說一聲：你若安好，就是晴天。

嗯，你若安好，就是晴天。但是能夠說出這句話的人已經不會在乎你那裡什麼天了，他知道你那裡下雨你自己會買雨傘，如果傻到雨傘都不會買，親愛的，你就好好淋雨吧。

呃，我得打住！把一封情書寫成這個樣子，我得好好檢查我的智商和情商了。我一直以為我的智商為一，情商為零，當我遇見你的時候，它們統統下降到負五十！如同我在電腦上打麻將，打了幾年還是負分，我的愛情理所當然應該是這個樣子。

親愛的，我還是好好蜜一下你吧，擔心下次去北京你不請我吃飯。

濤，我的小白臉，一年後的春天我們相遇，我心疼地看著你變成了大黑臉。我想像你在京城的日子，你吸霧霾的樣子。親愛的，謝謝你，謝謝在北京熱愛生活的人們，謝謝歌舞廳，謝謝澡堂子，它們把一個個人變得生龍活虎。總是有人感歎：人心浮躁，在城市裡安靜不下來，但是心不安靜，在哪裡都一樣，比如我。我現在就沸騰著對你的滾滾思念啊我的濤，我恨我自己。我覺得讀書比想念一個人好得多，我覺得我思念你是在犯罪。如果思念你的同時還在思念別人就是罪上加罪，數罪並罰，你槍斃我吧。

濤，我們每一個人都是孤獨的，我相信這樣的孤獨愛情根本無法解決，所以允許我在愛你的同時對愛情絕望。看著你午夜和你的貓在一起，我甚至想到多少個夜晚你曾抱著貓哭泣。我不知道我感受到的虛無你是不是也感受到，所以在放縱和矜持裡你都左右為難。我以理解許多人的方式理解你，我也希望有機會看到你的特別的地方。

嗯，有時候我對自己是滿意的。比如今天：我的腳傷好了一點，我就蹲在田邊看玉米苗子，它們在風裡搖搖擺擺，青翠欲滴。可惜你看不到，親愛的，我可憐你了。

不說了。我還會給你寫信的。

你的姑奶奶

余秀華

二〇一六年四月三十日

我們在潔白的紙上寫的字

——擁抱，致敬何三坡

在海寧見到他，是吃過晚飯以後扭過頭，看見隔壁桌上的那個男子。有人介紹：何三坡！我的小驚喜一下子就蹦了出來：知道，我知道，何三皮！初次見面我就扒掉了他一層土，就剩一張皮。其實這個名字只是隱隱約約聽過，他的詩歌也是隱隱約約讀過，要說有多了解，的確談不上。幸好他知道我，不至於讓我的玩笑太突兀。我只讀過他的一組詩歌，一組詩歌讓人記住一個人就足夠了。

晚飯以後，一群人一起聊天，他坐在我旁邊。隻言片語裡，知道了他生活的一些片段。我始終對別人的生活沒有好奇心，同樣對初次見面的他沒有好奇心，但是好感油然而生是因為他的坦白和坦誠。相同的性格裡，我以為我們的靈魂家園有一塊地方是接壤和重疊的：我們可能來自同一個國度，同一個村莊。他說他的老家在貴州，有一棟小小的吊腳樓，他的父母死於「文革」，現在他的吊腳樓由一個親人照管著。

我的腦海裡就出現山風滑過松林，在小小的木樓周圍旋轉出的許多小漩渦。或者太陽緩慢地照著木樓上一些已經鬆垮的地方，彷彿過去了的時日還有尾音留在這裡，讓人抓不到的。後來他離開故鄉，身心都四處流浪。如果在洶湧的人群裡看見一個戴大葉帽穿大腿褲的男人，沒有人會探究他的歡喜、傷悲和人過中年以後還有的迷茫。甚至他確確實實地坐在你面前，你還是會迷失於他體內的迷霧。

第二天晚上，得知他和董鑫去了烏鎮，我們幾個人一吆喝，也打了一輛車急匆匆地往那個地方趕。這一時興起的旅行讓我們很興奮：我們原本都是在塵世裡不要目的散漫行走的孩子，而生活卻要求我們把身體裡的孩子放在一邊，這個時候他一召喚，我們立馬就回去了。車在夜色裡，在雨裡漂移，我們如同大海裡趴在一片樹葉上的幾隻小螞蟻，興奮地叫著。

在烏鎮與他們會合，雨剛好停了。稠密的燈光掛在一座座古老的房子角上，照著好不容易沉寂的時間，照著疲倦的流水和流水上的烏篷船。如果不充分了解腳下的一塊塊青石板，就不可能讓自己有一剎那的古色古香，我們注定是烏鎮上的過客。看了木心美術館，就沿著一條水慢慢走，好在那條水夠長，而我們的時間夠用。

我抓住了他的手。許多時候我都是這麼幹的，為了走路穩當，我厚顏無恥地逮誰抓誰。好在我的身體寬容了我的「輕薄」，讓我在塵世裡行走多出了許多溫暖，這也是許多人覺得我如同孩子的原因之一。時常想起小龍女抓住楊過時的兩小無猜，我不是小龍女，如果誰抓我的手時間長了，我還是會猜的。

一路散漫地談著，慢慢扯到人生，扯到虛無。他用佛的智慧告訴我：人間看到的都是虛像，萬物都是組建，沒有一個是原始的單一，所以緣起緣滅、愛起情落都是自然，人不應該為這些事情悲傷。我一會兒彷彿了解了，一會兒又被自己的疑問打回原形，始終沒有找到讓自己信服的理由，而他說話慢吞吞的，讓人著急。

同意第二天跟他去上海，有一半原因是因為董鑫，說不出來原因，就因為他喜歡我的詩歌，就因為他看著我的時候眼睛裡的疑問和認真。當一個人認真看著你的時候，他的認真會形成你新的疑問。何三坡柔弱，而董鑫看上去就很有力量：生命的力量。結果證明了我的判斷是正確的：他對事物的認識他的價值觀是超過了我的，這些新鮮的認知讓人聽起來很帶勁。

兩個晚上，我們都在同一個小酒吧裡喝酒。第一天是一個年輕的男孩子在唱歌，隔壁是一個買醉的和我差不多年紀的女人，她叫我妹妹，她說愛我。呵，我也喜歡這陌生輕巧的愛，彷彿不動聲色的春意。

第二天晚上，我們又到了這個小小的音樂餐廳，換了一個女孩子唱歌，剛好我們坐到了昨天的位置上：多麼美好！

照樣喝啤酒。儘管我更願意喝白酒，我這急匆匆的性格總想把什麼事情都一下子搞定，包括醉酒。但是三坡說他不能喝酒，喝啤酒都是勉為其難的。是的，他的確不善喝酒，一杯下去，他的臉就紅了。我的心裡藏著離別的小哀傷，卻因為初次見面，無法把這哀傷想明白、說清楚，所以哀傷是我一個人的事情，這樣的時候，我又恢復了不善言辭的本性。

三坡的話不多不少，但是一些事情還是慢慢說了出來，說他現在的老闆，現在的工作，說他們不約而同的理想。故事沒有曲折但是非常旖旎：我的面前坐著與眾不同的人，有著與眾不同的人生。

他的臉越來越紅，眼睛也紅了，後來啜泣。

他的哭泣不會像雷霆一樣讓我戰慄，但是我一定不會忘記：這個五十多歲的男子講述他牽掛一個女子，他的心是疼的。他擔心那個女子孤獨，但是他無法帶她一起生活，他疼；他不時擦擦自己的眼角，噓唏有聲，這樣的時候我就舉起酒杯：喝酒吧，喝酒。

後來他又講了一個殘疾的男人：男人智慧，才華橫溢，但是生活不容易，三坡後來帶他到北京。他說這些，我噓唏不已：這是怎樣的一個男人啊！那個男人好不容易結婚，也生了一個孩子，卻得了癌症死了。他沒有說生活不公平沒有說人生殘忍，他只是哭。

他為這兩個人喝了一晚上酒，哭了一晚上。

上海的夜色迷離，沒有一塊地方有一塊整潔的黑暗，門外是淒冷的小雨。

分別的時候，我緊緊擁抱他。這個夜晚，我沒有給我在意的那個人發微信，沒對他說：晚安！

我們每個人都是一座沙雕

我知道歌手小河，是因為我們的編輯是同一個人。編輯是一個神通廣大的女子，除了習大大的微信，天下人的微信她幾乎都有。小河幾個月之前關注了我的微博，讓我的心有一些溫暖的波瀾，但是我遲遲沒有點他的關注，這是一個無法說清楚的事情，我沒有驕傲，但是天生有倦意，而今，在母親過世後，在武漢的飛機場敲打著小文字的時候，似乎倦意更濃，我想這也是我這幾天一直昏昏欲睡的主要原因。

當然後來我還是加了他的關注，因為還是忍不住微薄的好奇去他的微博裡遛達，當然我一直懷疑這樣的好奇更多出自於無聊。我於無聊處看到了小河的一頭白髮，白得乾淨而晃眼，與他年輕的面容形成鮮明的對比，他的眼睛是清澈的，但是目光有經歷世事後的洞徹。於是我點了他的關注，讓他成為我二十個關注人中的一個。

到達舟山的時候，音樂節的主辦方無法分身來照顧我，當然如果沒有人陪，我也會自己出去找吃的，我的依賴心一直讓我覺得十分羞恥，但是我每每是讓這樣的羞恥加重。他們的志願者呆呆地站在那裡，根本不知道應該做什麼。我問他們：你們的工作是什麼？他們說：接待嘉賓啊。我說：我就是嘉賓，你們怎麼不接待？他們問：請問你要什麼幫助？搞得我很惱火，想著要不不參加演出了，直接培訓他們好了。

到了房間，不知怎麼就得知李志和小河都過來了，一時很高興，好像有了依靠。於是趕快給編輯打電話，要來了他們的聯繫方式。李志我早在南京見過的，在他的酒吧裡，許多人給他敬酒，叫他逼哥，但是李志一點酒都沒有喝，也許他覺得在自己的酒吧裡喝別人買的高價酒不好意思呢。但是李志已經演出結束了，正急匆匆地趕往蘇州。幸運的是小河還在，而且待的時間將比我待的時間更長，我就笑了起來。

我是在一家排檔前見到的小河，和我在一起的女孩說要過去接他，但是一轉身就看見他已經走過來了，身邊是他小巧玲瓏的助理。毫無疑問，那就是他，除了他標誌性的一頭白髮以外，其他的特徵，我彷彿也是熟悉的：他的眼睛他的臉，包括他走路的樣子，雖然沒有「好像在哪裡見過似的」，但是的確是那樣了解的。

和我一起的女孩點的晚餐，幾乎都是素菜，除了一盤魚（四條沒睜眼睛的小魚，不夠分），一盤蝦。偏偏我不愛吃蝦。他們把這兩樣叫「海鮮」，真是好浪費的稱呼，魚蝦我們內地也常見，怎麼好意思叫海鮮呢？我把我的疑問說了出來，他們還是強調：這就是「海鮮」，好吧，反正靠近海邊，麻雀都是海鮮。

小河不吃肉，不喝酒，連雞蛋都不吃，所以長那麼瘦。不過別人不喝酒並不影響我，我倒是希望我喝酒影響他，結果是誰也影響不了誰，我喝我的酒，他看著我喝。當然他也不好意思老是看著我喝，就把一盤蝦子剝了一大半放我碗裡來，雖然我看他去衛生間出來沒洗手，但全部吃了。

說到年紀，小河比我不過大一個年頭，於是我立刻就成了他的「秀華妹妹」，他就不能不變成我的「小河哥哥」了。雖然咱倆的編輯一直教訓我：不要和別人哥哥妹妹的，多膩歪呀。但是有什麼辦法呢，天上掉下個小哥哥！自拍一張發在朋友圈，幾個人都說咱倆像，詩人芒克也這樣說。小河說是兄妹相。小河為什麼說是兄妹相呢，因為小河不吃肉。

吃飯後，我們就去海邊，我終於知道「東海音樂節」的東海是東海了。第二天上午看東海的時候，它的確是個美麗的地方。但是夜幕下，我不知道它是什麼樣子。小河哥哥欺負我人醜不會鬧緋聞，就牽起了我的手。我的這雙手啊，被太多人牽過，牽過就扔開了。要不是我有一點醉意，小河牽我的時候，我就不會渾身一顫了。

人真多啊。這些人如同地上長出來的，也像是從天上掉下來的，完全不知道他們的來龍去脈。我就不相信人是上帝造出來的，上帝有那麼閒嗎？造那麼多人出來幹嗎？在人群裡，我有莫名的恐懼，生命在這樣的時候渺小得要死，如同腳底的一粒沙子。我緊抓著他的手，我不是擔心丟失在人群裡，我知道即使丟了我自己也會找回去，但我就是緊緊地抓著他。心裡想著：你就忍忍吧，反正明天分開了，就抓不到你了。

靠近海邊有兩個舞台。一個大舞台，也是音樂節最大的舞台。一些腕兒比較粗的都在這裡演出，晚上，中孝介就是在這個台子上唱歌，儘管他把〈童話〉和〈青藏高原〉唱得稀巴爛，直接侮辱了聽眾的耳朵。我們在兩個舞台中間的沙地上遛達，暗夜裡只看見一層海浪的白邊泡沫兒撲在沙灘上，一部分死去，一部分退了回去，重新混淆在了海水裡。我沒有踩水的欲望，也有人管著，不讓接近，說一會兒潮就漲上來了。

記得第一次在深圳的海邊，白天裡，大海清晰明朗，我對那翻捲而來的波浪恐懼得不得了，根本不敢把腳放進水裡。我的確對水有天生的畏懼，但是我又喜歡水，喜歡水發出來的各種各樣的聲音，多像愛情啊，你看著它洶湧澎湃，但是無法接近。小河應該白天裡接觸過水，也沒有走過去的願望，所以我們就只在沙灘上遛達了。

然後就到了大舞台的後面，這是一個沙雕區。各色人物都被雕了出來，還有一些有名的建築，比如白宮，布達拉宮，還有我熟悉但是叫不出來名字的，有稜有角，栩栩如生。有限的平方上似乎延伸了無限的可能。當然還有一些人物：李白啊，鄭成功啊，大衛啊等等。還有動物：獅子，大象……它們的眼神透過沙子穿過來，彷彿已無震懾之力，沒有歡樂也無哀愁。它們栩栩如生地在這裡再死一次。

小河拽著我，在這些沙雕之間遊走，腳底也是沙，鞋子裡也是沙，唯獨眼睛裡沒有沙。他問我：好看嗎？我說：每個人都是一座沙雕。小河重複了我的這句話，我們繼續在這裡遊逛。偶爾，燈光照在他身上，照在他滿頭白髮上，好像一種幻景。

他是幻景，我是被他的幻景照射的另一處。

我們每個人都是一處沙雕，看起來上帝很用心，雕得很完整，但是他無暇顧及你的心臟是不是中空的，和這些真正的沙雕一樣，我們只能夠在夜色裡糊弄一下別人，當然更多的是糊弄自己。人是需要糊弄自己的，特別是在夜色裡。

但是多麼脆弱，風不能吹雨不能淋。只要風大一點，那精雕細琢的立刻就消失不見，這不是死亡，是比死亡更徹底的消亡。我想起我媽媽，想起她被火化成灰，我那一刻的絕望和崩潰。而我們卻無法避免已經是一個個正在被火化著的人。

我們在夜色裡讚美它們，夜色掩蓋了它們的瑕疵。其實在這樣的場合裡，它們是被雕琢得比較完整的，如同那些正在舞台上唱歌的人；它們本身就帶有表演的性質，這是喜劇也是悲劇，我們隨時面對自己的悲喜同體。其實另外的沙雕，也許在別處，比如我們，被雕琢得並不完美，我們身體裡的某些部分都是勉強失去的，不需要風，就已經慢慢坍塌。

我們如此悲哀。而又不得不在這樣的悲哀上倔強地樂觀著，我們很為難，又不得不習慣這樣的為難。但是這樣的情景裡，悲哀是如此多餘，舞台上的中孝介已經在作準備，一波波人往那裡湧著。

INK PUBLISHING

文學叢書 573

無端歡喜

作　　者　余秀華
總 編 輯　初安民
責任編輯　宋敏菁
美術編輯　林麗華
校　　對　潘貞仁　宋敏菁

發 行 人　張書銘
出　　版　INK印刻文學生活雜誌出版股份有限公司
新北市中和區建一路249號8樓
電話：02-22281626
傳真：02-22281598
e-mail：ink.book@msa.hinet.net
網　　址　舒讀網http：//www.sudu.cc

法律顧問　巨鼎博達法律事務所
施竣中律師
總 代 理　成陽出版股份有限公司
電話：03-3589000（代表號）
傳真：03-3556521
郵政劃撥　19785090　印刻文學生活雜誌出版股份有限公司
印　　刷　海王印刷事業股份有限公司

港澳總經銷　泛華發行代理有限公司
地　　址　香港新界將軍澳工業邨駿昌街7號2樓
電　　話　(852) 2798 2220
傳　　真　(852) 2796 5471
網　　址　www.gccd.com.hk

出版日期　2018年9月　初版
ISBN　978-986-387-255-9

定　價　350元

繁體版由北京新經典文化股份有限公司授權出版

國家圖書館出版品預行編目資料

無端歡喜／余秀華 著；
--初版，--新北市：INK印刻文學,
2018.09 面；14.8 × 21公分（文學叢書；573）
ISBN 978-986-387-255-9（平裝）
855　107014565